フルメタル・パニック!

FULLMETAL PANIC!

Fami

夢中になると、
のことが見えなくなるの。
何度も失敗してる」

相良《さがら》安斗《やすと》
長男。小学生。いつでもどこでもタブレットPCをいじっている
相良《さがら》かなめ
旧姓は千鳥。宗介とともに、激動の高校時代を駆け抜けた

相良《さがら》夏美《なみ》
長女。高校生。
本を読むのが大好き。
感情があまり
読めない
相良《さがら》宗介《そうすけ》
元・伝説の傭兵。
今では家族を持つ
立派な父親
……のはず

ショッピングモールの
フードコートにて
「さあ、うどん食べて。いやなことは忘れる、忘れる！」

「ああ……」

宗介は覇気のない声で答えて、割り箸をぱちんと割った。

「父さん、なんで落ち込んでるの？」

「だから、クビになった話よ。昨日、言ってたでしょ」

向かいに座る安斗と夏美が言った。夏美はみそラーメン、安斗はてりやきバーガーを堪能しているところだった。

「別にいいじゃん、クビになったって。本業に戻ればいいだろ」

「安斗。お父さんは真っ当な仕事がしたかったのよ。傭兵とか兵器会社のテスターとかじゃなくて」

「それだって真っ当な仕事だろ。職業に貴賤なし、って言うし」

「まあ、それはそうなんだけど……。どう説明したらいいのかしら」

夏美は言いつつ、みそラーメンをずるずるとすすった。

「お父さんはね、普通の仕事がしたかったのよ」

かなめが代わりに説明した。

高級ホテルのラウンジにて
「かなめさん、あまり来ないんですか？こういう場所は」

蓮が言う。

「うん。仕事は人に会うのは部下任せだし。だって子供いるとさ。やっぱりそんなヒマないじゃない」

「まあ、確かに私用では来ないですね……」

「この面子だから楽しいけど、こんな風に化粧して着飾って、電車乗ってる時間あったら、家でポテチ食べてボケーっとしたいよねー」

「わかる！！」

恭子がケタケタと笑った。蓮も控えめに笑って、こくこくとうなずく。ただ一人、独身で子供もいない瑞樹はそれほど笑わなかった。

またすこし、微妙な空気が流れた。

「……みんな大変よねえ。あたしだけ楽させてもらって、申し訳ないわ。きのうだって会社の若い子とバーで飲んだくれてたし」

自慢気味に瑞樹が言う。彼女なりにむしろ気をつかってくれているのだろう。

CONTENTS

初出

第一話	ドラゴンマガジン2023年9月号
第二話	ドラゴンマガジン2023年11月号
第三話（一部）	ドラゴンマガジン2024年1月号
appendix	書き下ろし

フルメタル・パニック！
Family

賀東招二

ファンタジア文庫

3369

口絵・本文イラスト　四季童子
メカデザイン　海老川兼武

第一話　埼玉県大宮市の一戸建て３ＬＤＫ

「やはり武器が必要だ。クローゼットにあるから取ってこい」

と、むっつり顔で父親が言った。

「お父さん、いつものカービンとグレネードでいいのね？」

と、娘が言った。

「また隠し持ってたのね⁉　毎回毎回、『武器などいらない』って言っといて！」

と、うんざり顔で母親が言った。

「母さん、敵が来るから。文句はあとあと」

と、息子が言った。

その一家の隣に住む高校生、田中一郎《たなかいちろう》がたずねた。

「あの？　みなさん……さっきから……なに話してるんですか？　それに敵って……」

一般人の一郎には事情がよくわからなかった。

ここは埼玉県大宮市。そのはずれの平凡な住宅街だ。

穏やかな春の午後。いまもそこらで雀《すずめ》がちゅんちゅんとさえずっている。

そこで『敵』とは。

しかし一郎の目の前には、その『敵』とやらが気絶して倒れている。一家の玄関口で、宅配業者の姿だったが、その手には──サブマシンガン？　だかなんだか、そういう武器が握られていた。

父親はそのサブマシンガンを奪って、熟練した手つきであれこれいじり回した。正確にはマガジンの残弾を確認してボルトを前後し次弾を装填したのだが、一郎にはそこまでわからなかった。

「一郎くん。せっかく娘を訪ねてくれたのに、すまないんだが。すこし危なくなるから帰ってくれないか」

「え？　あの？」

そうした修羅場を何十回と繰りかえしてきたのだろう。父親は油断のない、それでいてごくリラックスした顔つきで玄関の外をうかがう。

「いや……もう遅いな。俺の後ろに隠れていなさい。絶対に離れるなよ」

「え？　どういう……」

「来るぞ」

「くるって？　なにが……」

父親が一郎を引きずり倒した。

銃声。銃声。爆発音。

玄関ドアが吹き飛んで、壁が穴だらけになった。

父親が撃ち返し、母親がうんざりしたように耳を塞いで、娘が武器を持ってきて、息子がドローンを放り投げる。

銃声。銃声。さらに銃声。

「ちょっと、なに、これ、助け……」

「まだ来るぞ」

天地が逆さまになる。右から左から衝撃が襲う。

自分の悲鳴が、やけに遠く聞こえる。

玄関に『敵』っぽい黒ずくめの男たちが見えた。どかんと爆発。男たちが落とし穴に引っかかる。

ちょっと待って、普通の家のはずだったのに、落とし穴って？

庭先では『敵』がワイヤートラップで宙吊《ちゅうづ》りになっている。

これもだ。普通の庭先だったはずなのに、ワイヤートラップ？

混乱しながら一郎は叫んだ。

「なんなんだ！　一体なんなんだよ、あんたたちは⁉」

「なんの変哲もない、普通の家族だ」

娘からカービン銃を受け取り、発砲しながら父親は言った。

○　○　○

そもそもは一週間前のことだった。

平凡な高校生であるところの田中一郎は、その日も平凡な一日を終え、夕方、平凡な自宅に帰りついた。

一郎は本当に普通の少年だった。学業は中の上、中学までサッカー部だったが今は帰宅部。ほどほどに仲のいい友人が数人。特技はない。強《し》いて言うなら欧州（特にスペイン）のサッカーチームに詳しいくらい。

そういう平凡な自分に満足している。

そう、平凡が一番だ。

ただその日、すこし平凡でなかったのは、学校から帰ってくると隣の家の前に、大きな引っ越しトラックが止まっていたことだった。

そういえばお隣さんが先々月どこかに引っ越して以来、ずっと空き家だった。その家に誰かが引っ越してきたらしい。

築二〇年くらい、3LDK。仮に四人家族だとするとすこし手狭な物件だが、値段は手頃だろう。駅まで徒歩一〇分だし、悪い買い物ではないよな――

そんなお節介なことを考えながら引っ越しトラックの脇をすり抜けると、一郎は女の子と危うくぶつかりそうになった。

「あっと……」

すんでのところで一郎がよける。

年のころは一郎と同じくらいだろうか。どうやら引っ越してきた家の娘のようだ。その少女はジャージにサンダル履きで、野暮ったい眼鏡をかけていたが、それでもはっとするほど綺麗《きれい》だった。濡《ぬ》れたような長い黒髪を無造作にまとめているだけなのに、それがまたつややかに見える。

「すいません。ちょっと……どいて」

無表情だが、すこし辛《つら》そうな声で少女が言った。彼女が重たいダンボール箱を運んでいることに、ようやく一郎は気づいた。

「あ、ごめん」

一郎が道を譲り、ジャージ姿の少女が一礼して通ろうとする。だがそのとき、彼女の抱えたダンボール箱の底が抜けてしまった。

「あっ……」

地面にぶちまけられた中身は書籍類だった。少女はこれといって慌てたそぶりは見せず、一度小さなため息をつくと本を拾い集めた。自然と一郎は少女を手伝う格好になった。

「ごめんなさい」

「いや……こっちこそ」

手に取ると全然知らない作家ばかりだった。海外文学が多い。知っているのは宮沢賢治くらいだろうか。

「ひ……引っ越してきたんですか？」

間がもたなくて、一郎はなんとなしにたずねた。

「……はい」

「じゃあ、お隣さんですね」

「そこのお家《うち》の方ですか？」

少女が隣の田中家を一瞥《いちべつ》する。

「あ、そうです。田中です。よろしく」

「さが……いえ稲葉《いなば》です。よろしくお願いします」

「え？」

「稲葉です。稲葉」

少女はまるで自分に言い聞かせるように繰りかえした。そして引っ越しトラックの向こう側に向かって一度たずねた。

「お母さん、稲葉だったよね？」

「ちがう！　稲葉じゃなくて小野寺《おのでら》！　あー、言っちゃったの？」

トラックの反対側の角から、母親が姿を見せた。トレパンにTシャツ姿だったが、こちらもえらい美人だ。おまけに若い。『お母さん』と呼ばれていなければ、お姉さんと間違えたかもしれない。

「あー、はじめまして。ほほほ。お隣のぼっちゃまですか？　今日からお世話になります、小野寺と申します」

「あ、はい……」

「稲葉は忘れてください。小野寺です、小野寺」

「はい。あー……小野寺さん」

「そう、小野寺」

母親は笑顔をずいっと寄せてきて言った。たぶん複雑な事情があるのだろう。

「主人と息子はコンビニにおやつ買いに行ってまして……後ほどご挨拶にうかがいます。娘は一郎さんと同《おな》い歳《どし》ですから、どうか仲良くしてくださいね」

母親にならって娘もぺこりと頭を下げる。

「ど、どうも」

いや待て。『一郎』の名前、教えたっけ？　それに同い歳って……。

「お母さん。まだ一郎さんの名前、聞いてない」

少女に冷静な声で指摘され、母親はなんとも言えない苦しげな顔を見せた。

「あ、そうだったわね。……その、ええと、お宅のお母様にね、さっき立ち話で聞いたんですの！　ホント、それだけですから。う、うははは」

「はあ……」

一郎の母はスーパーのパートでまだ帰っていないはずだったが、それ以上追及するのはなんとなくはばかられた。

そのおり、向こうの歩道から男性と子供の二人連れが近づいてきた。

「あ、早かったじゃない」

たぶん父親と息子だろう。手にはおやつとおにぎりの詰まったコンビニ袋を持っている。

「コンビニ、意外と近かったよ。最高だね、前は近くの町まで車で一時間だったから」

と、息子が言った。見た感じ小学三、四年生くらいだろうか。

「でも父さんは落ちこんでるけどね」

「●ロリーメイトの……フルーツ味がなかった」

力なくつぶやいたその父親は、よく引き締まった体つきだった。

歳《とし》は四〇くらいだろうか。むっつり顔にへの字口。左の顎にうっすらと十字形の傷跡がある。

「チョコ味があるからいいじゃん」

と息子。

「お父さんは昔からフルーツ味がいいのよ。理由はいまだに知らないけど」

と母親。

「ここ数ヶ月、どの店でも売ってるところを見たことがない……」

と父親が肩を落とす。

「フルーツ味なら、生産終了になったらしいですよ」

思わず一郎《いちろう》は言った。たまたますこし前のネットの記事を見て覚えていたのだ。

「なに？」

「フルーツ味は生産終了です」

その言葉がよほど衝撃的だったようで、父親はいきなり一郎につかみかかった。

「馬鹿げたことを言うな……！　あんなに美味《おい》しいものを生産中止にするなど。ありえない、正気か、●塚製薬は？　俺がいままでどれだけフルーツ味を買って来たと思ってるんだ……！　おそらく軽自動車ぐらいは買える額だぞ。おい、なんとか言ってみろ。というか……君はだれだ？」

「隣の……田中《たなか》……です」

息も絶え絶えに一郎は言った。父親はすぐに我に返って、彼のブレザーの乱れた襟を直したりした。

「ああ、申し訳ない。大変な失礼を。ええと、一郎くんだったな」

「まだあんたは名前聞いてないでしょ」

即座に母親が言う。

「そうだった。まあとにかく田中くん。今日から隣に越してきた美樹原《みきはら》です。よろしくお願いします」

「じゃなくて、小野寺」

今度は娘が言う。

「そうだった、小野寺だ。小野寺。美樹原は忘れてくれ」

「はあ……」

そのおり、引っ越し屋さんが家の方から声をかけてきた。

「すいませーん、奥さん。ちょっとキッチンの方、見てほしいんですけど……」

「あ、はーい。それじゃ失礼しますね」

母親がせわしげにその場を離れ、父親と息子も一礼してから後に続いた。

「母さん。思ったんだけど……周辺家族の身上書、むしろ読まない方が自然だったんじゃない？」

「しっ！　その辺はあとで相談しましょ」

と、母親と息子の話す声が聞こえてきたが、一郎にはなんのことだか分からなかった。

「すみません、なんか粗忽《そこつ》な両親で」

残った娘が言った。

「いや、そんなことないですよ」

「ナミです」

「え」

「わたしの下の名前。夏に美しいって書いて夏美《なみ》」

「小野寺夏美さんってことだね。よろしく」

「オノデラナミ……オノデラナミ……」

小野寺夏美。彼女はその名前をはじめて聞いたように、もごもごと自分で繰りかえした。

「確かに名字はオノデラ、みたいに四文字の方が語呂がいいわね……」

「あ、あの？」

「気にしないで。それより、ありがとう」

「え？」

「本、拾ってくれて」

「ああ」

一郎は拾い集めた書籍類を眺めた。

「これみんな、夏美さんの本？」

「ええ」

「すごいね、聞いたことない作家ばっかり。えー、エドゥ……ハルフォン？」

「あ、それ、グァテマラの作家で、オートフィクションっていう私小説みたいなジャンルを書いてて。あ、特別好きって言うわけじゃなくて、ちょっと興味があったから読んでみただけで……。でもね、作者の出自が複雑なのはちょっと感情移入できるかな……って、すみません……」

　つい饒舌《じょうぜつ》になってしまったのに気づいて、夏美は黙りこんだ。

「いや、立派ですよ。そんな詳しいなんて」

「詳しくはないわ。……趣味とか、特になくて。読書くらいなの。引っ越しが多いせいもあって……」

「そうなんだ」

「でもここには長く住むつもりみたい。だから、よろしくお願いします」

「こ、こちらこそ」

「それじゃ……」

　夏美はたくさんの本を小分けにして、家の中へと運びはじめた。手伝おうかとも思ったが、それはさすがに恩着せがましいかと思い直して、一郎は自宅に帰った。

　これ以上はいけない。平凡が一番だ。

　一時間ほどして、一郎の母親がパートから帰ってきた。隣が引っ越してきたのはいま知ったばかりらしく、奥さんにはさっき初めて会ったそうだった。

　どうもおかしい。

　二階の窓から様子をうかがうと、ちょうど引っ越し業者が作業をあらかた終えているところだった。小野寺さん一家四人はそろって引っ越し業者に頭を下げ、新居に入っていく。

その瞬間、夏美がこちらに気づいた。

不審に思われないかとあわてたが、彼女は小首をかしげて会釈《えしゃく》してくれた。一郎も会釈を返して奥に引っ込んだ。

隣にあんなきれいな子が越してきたなんて、ちょっとドキドキする。

これで高校まで同じだったら……いや、さすがにそれはないか。

翌日、朝のホームルームで――

「小野寺夏美です。よろしくお願いします」

黒板の前で夏美が控えめに言った。今日は当然、制服姿だ。

教室の生徒たちの一人である田中一郎は、半信半疑で目をぱちくりさせるばかりだった。

確かにこの学校は家からほどほどに近い、中堅どころの県立高校だ。だがしかし、よりにもよって自分のクラスに彼女が転入してくるとは。

平凡が一番――その自分の信条が突き崩されようとしている気がして、一郎は落ち着かなかった。

夏美は地味な装《よそお》いだがあの美貌だ。生徒たちも興味津々《きょうみしんしん》だった。いつもは飛び交っている私語が、今日は鳴りをひそめている。

「そういうわけで仲良くしてね。小野寺《おのでら》さん、なにか自己紹介ありますか？」

と、担任が水を向ける。

「いえ……ありません」

「じゃあみんなから質問ね。聞きたいことある人ー？」

ぱらぱらと五～六人が挙手した。まず女子の一人が指されて質問する。

「前はどこに住んでたんですか？」

「リベルダーデ、フェアバンクス、カブール、ベーカーズフィールド……いろいろです」

しーん……。

知ってる地名が一つもない。リアクションに窮して生徒たちは黙りこんだ。

続いて男子から質問。

「特技とかありますかー？　または得意技」

「特にありませんが、ひと通りのカキは扱えます」

「カキ？　牡蠣《かき》？　好きなんすか？」

「あまり好きではなく……ただ扱えるだけです。……すみません、忘れてください」

「はあ……」

またしてもどう応じていいのか分からず、生徒たちの間に微妙な空気が流れた。

担任も、夏美があまり社交的なタイプではないらしいことを察したのか、質問会を早めに打ち切ろうとした。

「つ、次で最後にしましょうか！　じゃあ、えーと、そこ」

指された女子が質問する。

「えっとぉ、好きなアーティストとかいますかぁ？　あたしは普通にKOASOBIとかあいみゃんとか好きなんだけどぉ……」

すると夏美はそこだけ妙に自信ありげに、心なしか背筋をそらしてこう言った。

「はい。五木ひろしとSMAPです」

当然、五木ひろしもSMAPも知っている生徒はほぼいなかったが（担任教師はSMAPを知らない生徒が大半なことに衝撃を受けていた）、あれは彼女なりの冗談だろうと受け止められた。

こうして『自己紹介でギャグを滑らせた、すこし残念な転校生』という解釈で落ち着いた小野寺夏美だったが、それでも休み時間には生徒たちからひっきりなしに話しかけられた。

はじめは女子の主流グループから。

好きな食べ物や前の学校のクラブなど、当《あ》たり障《さわ》りのない話題だったが、夏美はどれも「特にない」「よくわからない」だのと答えるばかりで、すこしも話が盛り上がらなかった。

次にやはり女子の、すこし派手めなグループから話しかけられる。普段はどんな店にいくのか、インスタ教えてほしい。これも「いかない」「やってない」だのと答えて会話が途絶えてしまう。

男子はチャラいグループが最初に突撃した。お調子者タイプの一人がいきなり「彼氏いるの？」と聞いてまわりから殴られる、などのイベントを経て、あれこれ無遠慮な質問が投げかけられた。

これにも夏美は「わからない」「知らない」とそっけない態度だった。愛想笑《あいそわら》いの一つもない。

そうやって昼休みも他の生徒と微妙なやりとりが続き、放課後には夏美は一人きりになっていた。

ぼっち確定——

だが夏美は自分が孤立していることは気にもならないようで、さっさと鞄《かばん》にノートを詰めて帰り支度を始めていた。

「小野寺さん」

それまで遠巻きに眺めていた一郎《いちろう》が、声をかけた。このまま黙って帰ると、近所で会ったときに気まずいかもしれない……と思ったからだ。さりげなく、あまり馴《な》れ馴《な》れしくないように――

「新しい学校はどう？」

「よくわからない」

一郎にも大半の生徒と同じ対応だったが、彼女はこう付け加えた。

「学校とか、ほとんどはじめてだから……」

「え？　じゃあ今まではどうしてたの？」

「オンラインとか家庭教師とか。ちょっと、こみ入った事情があって……」

そう言いながら、夏美は鞄を掲げて顔を隠す。妙な動作を不思議に思って周囲を見まわすと、教室の一角で女子の一グループがスマホをかざしていた。なにかのふざけた動画を撮影しているようだ。夏美と一郎はそのフレームにぎりぎり入っている。

撮影が終わって女子がスマホをしまうと、夏美は鞄を下ろした。

「カメラ、苦手なの？」

「苦手なわけじゃなく……。ただネットに顔が出たりすると、困ったことになるかもしれないから……」

「ああ」

それを苦手と言うのでは？　あれくらいでちょっと大げさかもしれないが、まあ気にする人は気にするだろう。

「じゃあ帰りましょうか」

「え？」

夏美が当然のように言ったので、思わず一郎は聞き返してしまった。

「家。帰るんでしょう？」

「あ、うん。でも……一緒に？」

ただのお隣さんなのに。仲良く帰るなんて、それはなんというのか……。目立つ。

平凡が第一の彼には、いきなりハードルが高すぎる行動だった。

「隣同士なんだから、一緒に帰った方が安全でしょう？」

「は？」

「一緒の方が安全、って言ったの」

まあ、確かにそうかもしれないけど。彼らの住む住宅街は普通の治安だ。女の子が一人で歩いても、まず心配なことはない。

「なにか用事があるなら、わたし一人で帰るけど」

「い……いや」

彼は言った。いままでの彼なら『ちょっと用事があって。ごめん』と答えてるところだった。

だが――

「用事は……ないよ。い……一緒に帰ろうか」

とぎれとぎれに一郎は言った。

自分でも驚いていた。平凡が一番なのに。だが夏美《なみ》が小首をかしげて自分を見上げる仕草の前には、そんな信条などどこかへ行ってしまった。

夏美と並んで帰り道を歩くのは、やはりすこしの勇気が必要だった。

『美少女転校生』と連れ立って歩くなど、どう考えても自分のキャラではない。変な目立ちかたをして、今後の学校生活に面倒事が増えなければいいのだが……そう心配していた一郎だったが、杞憂《きゆう》だった。いくら綺麗《きれい》でも、夏美は地味だ。遠目に見ればあまり目立たない。校舎を出てからは、さして二人に注意を払う生徒もいなかった。

とりたてて会話が弾んだわけでもなかったが、大過なく家に帰りつく。それだけでもえらく気力を消耗した。

そう、美人と歩くのは疲れるのだ。一郎ははじめてそれを知った。

「ありがとう」

「それじゃあ……」

自宅の前で夏美に別れを告げようとしていると、夏美の母親が玄関から出てきた。

「あら、夏美。お帰りなさい。一郎くんも」

手にはエコバッグと財布。近所のスーパーにでも買い物に行くところなのだろう。改めて見ると、母親もつくづく綺麗な人だった。安物のトレーナー姿なのにそれでもさまになっている。

「一郎くん、お母さんから聞いてる？」

「え……なんですか？」

「今日、お母さんパートで遅いでしょ。だったら夕飯、うちで食べてったらどうかって」

「え、ええ……？」

スマホを確認すると、一郎の母親からショートメールが入っていた。

『母：隣の小野寺さんの奥様と立ち話してたら、話の流れでいっちゃんの夕飯をご馳走《ちそう》してもらうことになった。勝手に決めてゴメン。粗相のないように』

『いっちゃん』は一郎のことだ。一郎の母は良くも悪くもおおらかなタイプで、引っ越したての小野寺家に対する遠慮がまるでないようだった。ちなみに一郎の父は山梨に単身赴任中なので土日以外はいない。

「すいません。母からメッセ来てました。え、でも、え？」

夏美の家の食事にお呼ばれだなんて。うれしいより前に、気疲れしてしまう。ただでさえ『美少女転校生』と並んで帰って、一年分の非日常を味わい尽くしたような気分なのだ。

「どうする？　急だし今日はやめとくってなら、うちは全然かまわないけど」

夏美の母親は言った。本当にどちらでもかまわないと思ってそうな、気楽な口調だった。この人はどうもそうした気やすさと不思議な魅力がある。

「もし迷惑でなければ……じゃあ、ご馳走になります」

またしても一郎は、自分が口にした言葉にすこし驚いていた。普段の彼なら『ちょっと調子悪くて……また今度ぜひ』だのと答えていたところだ。

「ん、ＯＫ！　じゃあ六時ごろ来てね」

と母親は言って、買い物に出かけていく。スタイル抜群な後ろ姿におばさんサンダルなのがなぜか印象に残った。

「それじゃあ一郎くん、また後でね」

夏美は玄関に入っていく。一郎が夕食に同席することに、これといった感想もなさそうだ。夏美の淡白さには慣れてきたところだったが、反応ゼロというのも物足りなかった。

一郎は言われた通り、夕方六時に小野寺《おのでら》家に出向いた。

チャイムを押すと夏美が出てきて、リビングに通される。いまは私服で、濃緑のTシャツにショートパンツといった格好だった。

これまでジャージ姿や制服姿だったから分からなかったが、夏美は控えめに言っても肉感的な体つきだった。胸はサイズの小さなTシャツからはち切れそうだったし、ショートパンツから伸びる白い太ももは——もうぱっつんぱっつんで目のやり場に困る。しかし夏美本人は、自分のそちら方面の魅力に自覚がないようだった。

「？　どうしたの？　Tシャツ、穴でも空いてる？」

一郎の視線に気づいて、夏美が自分の胸やら腋《わき》やらを見回す。

「い、いや。か、かっこいいTシャツだなと思っただけだよ」

「かっこいいかどうかは知らないけど、丈夫で気にいってるの。父とジャングル暮らしをしてたときから使ってる」

「ジャングルというか、フロリダの湿地帯。その辺に座ってて。もうすぐできるから」

さらっと流して夏美はキッチンに行ってしまう。母親の料理を手伝っている途中だったようだ。

新品のソファに腰かける。そばには夏美の弟が座っていて、タブレットPCでなにかのゲームを遊んでいる。

弟の名前は安斗《やすと》と言うらしい。帰り道に夏美から聞いていた。

「えーと、安斗くん……だったよね。こんにちは」

「ん」

それだけだった。

きのう会った時も会釈《えしゃく》した程度だったが、今日も似たような調子で、一郎のことはほとんど無視している。ムカつかないと言ったら嘘《うそ》になるが、まあそういう年頃なのだろうと自分に言い聞かせる。

手持ち無沙汰なので、キッチンの方に声をかけてみる。

「あ、あのー。なにか手伝いましょうか？」

「あー、大丈夫、大丈夫。ありがとね。もうすぐできるから」

と、母親が言う。

「一郎くんは苦手なものとかある？ 遠慮せずに言ってね」

「あ、特には……。だいたい、大丈夫です」

「トゥクピーは平気？」

「は？」

「トゥクピー。ブラジルのスパイス」

「ブラジル……ですか？」

「うん。ベネズエラとの国境あたりだけど、昔に住んでたの。いいところよ。ね、夏美？」

「ずいぶん前ね……自然が豊かだった。電気もガスも水道もなかったけど」

と、夏美がぼやいた。

「でも衛星回線は使えたでしょ？」

「そのせいで近所のドラッグ業者に狙われたじゃない。DEAかなんかと勘違いされて」

「あー。あれは大変だったわね」

口調はよくある母親と娘の会話だったが、その内容は一郎にはまるでわからなかった。

『ドラッグ業者』？ 『DEA』？ 道路工事かなにかの話だろうか？

ほんのりといい香り。

料理が運ばれてきた。鶏肉《とりにく》のシチューだ。いや、カモかもしれない。不思議な黄色だが、独特の美味《おい》しそうな香りがする。

「さあできた。安斗、お父さん呼んできて」

どうやら夏美の父親も家にいるらしい。在宅ワークというやつだろうか。

「うん、呼んだー」

と安斗は言いながらも、リビングのソファから動こうとしない。タブレットからショートメールを父親に送ったらしい。

「また不精して……！　あと画面近い！　目が悪くなるわよ」

「うん」

母親の小言もスルーして、なにかのゲームをやめようともしない。

夏美が食器類を出してくれた。

「あ、ありがとう」

「うん」

夏美も食卓に座り、やっとゲームをやめた安斗もやってくる。

ちょうど父親がダイニングに入ってきた。作業服姿で、あちこちが汚れている。一郎《いちろう》が来ていることは知っていたらしく、軽く会釈してダイニングを通り過ぎ、キッチンへと入っていった。

父親と母親の話し声が聞こえてくる。

「うまそうだな」

「そりゃあね。うん……やぁだ、汚れた手でやめてよ、もう」

「手なら洗ったぞ」

「ばか」

最後のあたりは色っぽい小声だ。ここからは見えないが、その、夫婦だし、いわゆるスキンシップとかをしてるのだろうか。

だが続いての会話はまるで意味がわからなかった。

「庭のトラップはあらかた終わった」

「また……ここは日本よ？」

「念のためだ、念の。それにノンリーサルだから大丈夫だ」

「なにが大丈夫なのよ。それにヤンさんの会社にバックアップお願いしてるんだから、心配いらないってば」

「それはそうだが。連中はどうも頼りなくてな」

冷蔵庫から缶ビールと麦茶を取り出して、父親がダイニングに戻ってきた。缶ビールは母親の席に置いて、自分は麦茶をグラスに注ぐ。たぶん下戸なのだろう。

「待たせてすまない。一郎くんは何を飲む？」

「え、あ……。じゃあお茶で」

「ああ。そういえば高校生はビールはだめだったな。ついつい忘れてしまう」

「当たり前でしょ」

と、夏美《なみ》が口を挟む。

「父さんたちが夏美くらいのころは、もうちょっと緩かったぞ。高校の先輩の下宿に行ったら、住人に騙《だま》されて酒を飲まされた話はしたか？」

「知らないし、興味もない。それにお客さんが来てるのよ？　変な話はやめて」

「そうか……」

父親は肩を落として麦茶をすすった。

「さあ食べましょ！　でもその前に——」

母親も食卓につき、缶ビールをプシュッと開けた。そのままグラスに注ぎもせず、一気にぐいっとあおる。

「……んく、ぶはーっ！　うまい！　やっぱこの一杯のために生きてるって気がするわよね！」

他の四人のテンションはそっちのけで、母親はビールを痛飲した。

「お母さん、一本だけだからね。それ以上飲んだらお医者さんにチクるよ」

と安斗が言う。

「だいじょぶ、だいじょぶ、わかってるから。……あ、ごめん。一郎くん、いいから食べて食べて」

「あ……でもこの料理、立派だし。ちょっと写真いいですか？」

一郎はスマホを取り出して言った。あとで一郎の母親にでも見せようかと思ったのだ。

「………………！」

次の瞬間、小野寺家の全員がスマホのカメラから顔をそむけた。夫婦も、夏美も、安斗までもがカメラに写るのを恐れるかのように、そのレンズの先から逃れようとした。

「あ……あの？」

「ああ。料理を撮るなら構わない。早く撮るといい」

と、そっぽを向いたまま夏美の父親が言った。

「さっさと撮れよ」

と、テーブルの下に隠れて安斗が急《せ》かす。

「あ、ホントかまわないのよ？　ただうちの家族はちょっと……カメラが苦手なの」

と、夏美の母親もキッチンの方に半ば避難するようにして言った。

放課後の夏美に続いて、この始末である。『カメラが苦手』などという次元の話ではない。指名手配犯かなにかのようだった。

一郎はあわてて料理を撮って、スマホをしまう。

「あのぅ……撮りました」

たちまち一家は何事もなかったかのようにくつろいでみせる。

「よかった。変な写真を撮ったら、君を殺さなければならなかった」

「え？」

「も、もちろん冗談よ。もう、お父さんったら……！　そんな物騒な『殺す』とか、やめてよ……！　うは、うははは！」

と、母親が父親の肩や背中を必要以上にきつめに、かつ執拗《しつよう》に小突いた。

「もちろん冗談だ。……痛い。ただしスマホは即破壊しなければならないが……痛い。母さん、痛いぞ」

「やかましい。……さあさ、料理が冷めちゃうわ。食べましょ食べましょ！」

それぞれシチューを小皿によそう。確かに夏美の母親が作った料理は絶品だった。一口食べると一郎は目を見開いた。

「おいしい」

「でしょ？　キャッサバが手に入ったから、スパイスを作っておいたの。本場のはもっとピリピリ辛《から》いんだけど」

「いや、本当においしいです。毎日こんなもの食べてるなんて、うらやましいなあ」

「いや、さすがに毎日じゃないけど」

「きのうはコンビニ弁当だったしね」

と安斗が言う。

「あー、しょうがないでしょ？　キッチンの荷解《にほど》きができてなかったんだから」

母親がからからと笑う。近寄りがたいほどの美人なのに、話してみると気のいいオバさんみたいな人だ。いや、まあ、実際、気のいいオバさんなわけだが。

かたや父親の方は、基本的に無口な人らしい。会話に入ろうとはしているのだが、いまいち溶けこめていない。まあ高校生の父親なんて、どこの家庭でもそんなものだろう。

しばらくは食事をしながら当《あ》たり障《さわ》りのない会話が続いた。ほとんどは一郎の家のことと、この街の話だった。一郎の父親の単身赴任先のこと、この街に越してきて何年になるのか、近所の神社で開かれる縁日が意外と大きい……などなど。

皿の上のシチューやサラダ、バケットがほとんど無くなったころ、一郎は席を立った。

「あの……ちょっとトイレお借りしていいですか」

「あ、そこの奥を左に行ったとこよ」

「どうも」

「ごめんなさいね、散らかってて」

実はトイレに用などなかったのだが、一郎はすこし休憩がしたかった。

引っ越し直後で、まだ廊下には荷物が雑然と積み上げてある。トイレはすぐに見つかった。入って腰かけ、一息つく。

「ふう……」

このトイレはダイニングの裏側に位置しており、壁も思いのほか薄いようだった。普通にしているだけでも、一家の話し声が漏れ聞こえてくる。

『……やっぱり、引っ越しの翌日にいきなり食事に誘うなんて、変だと思われたんじゃない？』

と母親が言った。

『変ではない。地元住民とは友好的な関係を築くべきだからな。それには早ければ早いほどいい』

と父親が言った。

『また「地元住民」だなんて。ここは日本よ。「近所付き合い」って言いなさいよ』

『どちらでもいい』

すると夏美が同意する声が聞こえた。

『親しくしておくのは賛成よ。いざというとき、協力や情報が得られるから』

と夏美が言う。すると母親がため息をついた。

『そういう話はお父さんと意見が合うのよね、夏美って……。やっぱり教育を任せすぎたのかしら』

『関係ないわ。とにかく地元住民の助力が大事』

『うむ。大事だ』

『これだわ、まったく……』

夏美と父親の口調はそっくりだった。親子なのだからおかしくはないだろうが、それにしても『地元住民』とは。さっきまで『隣のちょっと気になる男の子』くらいの認識なのかと期待していたが、『隣の地元住民』では色気が無さすぎはしないか。

『地元の協力っていうならさ』

弟の安斗《やすと》がぼやくように言った。

『──父さんと母さんの住んでた町に、どうして引っ越さなかったの？　ええと、泉川《せんがわ》だっけ？』

『泉川は高校のあった駅よ。住んでたのはおじいちゃんの京王玉川』

『そもそも、父さんはあの辺に一年も住んでいないのだがな……』

母親と父親がそれぞれ言った。

『なんでもいいけどさ。その方が便利かと思っただけだよ』

『まあ、あの町にはいろいろ迷惑をかけたから、さすがに住むのはね……』

『知り合いが多すぎるしな。また迷惑をかけるわけにはいかない』

『ふうん』

しばらく一家は無言になり、食器の音だけが響いた。

『それで、姉ちゃん。あの田中《たなか》一郎はどうなのさ』

不意に安斗がたずねた。

『一郎くんなら、無害よ』

『いや、そういうことじゃなくて。彼氏とか、そういうのにどうなの、って』

でかした弟くん──と一郎はトイレの壁に張り付かんばかりになった。

『わからない。きのう会ったばかりだから』

もっともな感想。一郎《いちろう》は一人で肩を落とした。『地元住民』から『無害な地元住民』にレベルアップ（?）しただけか。

『つまんないなあ』

『だが父さんは応援するぞ。一郎くんはいいと思う。無害だし』

『ほめるポイント、そこ?』

と、安斗が言う。

『っていうか、妙に物わかりがいいわね……。年頃の娘に男の子が寄ってきたら、警戒したり反発するのが父親じゃないの?』

と母親がぼやく。

『警戒の必要はない。無害だから。それに娘の幸せを願うことの何がおかしい?』

『いや、ドラマとかだと定番じゃない』

『ドラマなどとは、愚かな。これは現実だぞ』

『……もう二〇年以上になるけど、あんたに愚かって言われるとホントムカつくのよね』

『ほらほら、ケンカしない。ご飯食べよう。せっかく四人で食卓囲めるようになったんだから』

と安斗。

『ん、そうだったわね。でも安斗、これはケンカじゃないから大丈夫よ』

『そうだ。通常営業という奴《やつ》だ』

一家の控えめな笑い声が食卓に響いた。

『やっと……四人で暮らせるのね』

と夏美《なみ》が言う。

『うん。やっとだね』

と安斗が言う。

よくわからなかった。『やっと四人で』？　では、これまでは違ったのか？　あの一家にどんな事情があるのだろう？

一郎は急に自分が邪魔者なのではないかと思えてきた。

あの家族はよくわからない。

よくわからないが、彼らが大事にしているものは、一郎の家族となんら変わらないような気がした。

『……そういえば一郎くん、遅いわね』

『トゥクピーが腹に合わなかったんじゃないのか？』

『わたし、様子見てくる』

立ち聞きが長すぎたようだ。一郎はトイレを流して、そそくさと出ていった。

その後、一週間は特に変わったこともなく過ぎていった。

夏美とは登校のとき、顔があったら一緒に歩きはしたが、それ以上は特に親しくなるようなイベントもなかった。美人と歩くと疲れる、というのは相変わらずだったが、その疲労度が一〇〇から六〇くらいには減った。つまりすこしは慣れた。

他の家族も夕方に見かけることがある程度だ。一郎の母は近々、お返しに夕食に招待すると言っていたが、たがいの都合が合わなくて延び延びになっていた。

学校では、夏美は図書室に入り浸りになっていた。休み時間もほとんど本を読んでいて、友人を作ろうともしない。放課後も真っ直《ま》ぐ《す》どこかに——たぶん図書室に——行ってしまうので、一緒に帰る機会も減っていた。

だったら一人で帰れば良いだけだったのだが、一郎はその日の放課後、図書室に向かった。『たまには本でも借りるか』と自分に言い訳していたが、本当は夏美がいるのではないかと期待していたのだ。彼女に会ってどうするのか、ということまでは考えていなかった。その行動がもはや『平凡』とは言えないことについても。

図書室に入ると、夏美はすぐに見つかった。

窓際《まどぎわ》の席でなにかの本を読んでいる。一瞬、一郎に気づいて視線を向けたが、軽く会《え》釈《しゃく》してすぐに読書に戻った。

書架から適当な本を抜き取り、すこし離れた席に座る。なにかの小説シリーズの三巻だったので、まったく内容は頭に入ってこなかったが、とにかく読書のふりをした。

夏美はたまに脚を組み替えるだけで、あとはほとんど身じろぎひとつしない。手元の本に没頭している。ちらりと見えたタイトルは『高い城の男』とあった。

三〇分ほどして、夏美がため息をついて本を閉じた。そのまま本を書架に戻してくると、帰り支度を始める。

「もう帰るの？」

さりげない調子でたずねると、夏美は首をひねった。

「わからない。今日は図書室が閉まるまでいようと思ってたけど、あの本、わたしには難しすぎたみたいで。途中でやめたの」

「あ、そうなの……」

没頭してるように見えたが、ちがったのか。まあどうでもいいけど。

「それで今日はさっさと帰るか、もしくは……この古本屋に行こうか、迷っていたところ」

彼女はスマホを取り出し、マップ画面を操作し一郎に見せてきた。場所は大宮市の中心部の商店街だ。小学生のころは、親に連れられよく出かけた。

「このあたりの治安はどう？」

「ち、治安……？」

「あまり治安が良くないんだったら、あきらめるけど。インスタで書棚を見かけて、気になって」

「いや、治安はその、大丈夫じゃないかな。というか、普通だよ」

「そう。では行ってみようかしら」

「もしその……治安？　が心配だったらさ……その」

一郎は胸がどきどきするのを感じていた。自分の行動はまったく平凡ではない。だが言わずにはいられない。なにを言おうとしているのか、自分でもよくわかっていなかった。

「い、一緒に行ってあげようか？　二人なら安心でしょ？　なんて……」

「ありがとう。じゃあ頼むわ」

恐る恐る言ったのに、夏美はあっさりと承知した。

大宮駅は彼らの高校の最寄りからわずか二駅なのですぐに着いた。

商店街——というには規模の大きな繁華街だ。その界隈《かいわい》に来たのは久しぶりだったが、一郎の記憶よりも雑然としていた。安い居酒屋やカラオケ屋、ガールズバーなどがやたらと多い。夕方だったのでそろそろ客足が増えてくる頃合いだった。

「あれ？　もうちょっと落ち着いた場所だった気がするんだけど……なんか、ごめん」

「なぜあなたが謝るの？」

「え？　いや、なんとなく……」

「こういう場所ははじめて。興味深いわ。日本の高校生はよく来るの？」

「いや、どうかな。カラオケとかは、ごくたまに行くけど」

「カラオケ。行ったことないわ」

「外国が長かったんでしょ？　じゃあ無理もないよ」

「外国にもカラオケはあるわ。クル……知人の一家は好きみたいだし」

「そう。そのうち行ってみない？　クラスの友達とか誘って」

さすがに『これから二人で行ってみよう』とまでは言い出せなかった。女の子と二人カラオケなんて、想像もできない。

すると夏美は小首をかしげた。

「わたしは唄える歌がないわ。日本の歌手とか全然知らないの」

「え、でも学校の自己紹介で……」

五木ひろしだのなんだのとか言ってたような。どんなバンドかは知らないけど。

「あれは父に教えてもらったの。『好きな歌手を聞かれたら、そう言っておけばいい』って。鵜呑《うの》みにしないで調べておけばよかったわ」

たいして恥いった様子もなく、夏美は言った。

「ああ、そうだったの」

「父はなんでも自信たっぷりだけど、時々ひどい間違いをさらっと教えてくるの。そういうところはＡＩみたいな人ね」

自分の父親をつかまえてＡＩ呼ばわりとは。ただなんとなくニュアンスはわかる。あの父親は、どことなく正確な機械じみた雰囲気があった。必要なことしか言わないとか、微妙に場の空気が読めないところとか。

その娘の夏美も、そういうところはよく似ているのだが。

「あった。ここよ」

その古書店は、繁華街のはずれの雑居ビルにあった。昔からある古本屋だったが、最近店主が代替わりして、リニューアルしたらしい。落ち着いた照明と内装で、小さな喫茶コーナーが設けてあった。

「すてき」

夏美はたちまち夢中になって書籍を物色しだした。書棚の端から端まで、それこそ目を皿のようにして本を選んでいく。その横顔はうっとりとしていて、一郎《いちろう》の存在など忘れてしまったかのようだった。

彼は喫茶コーナーでコーヒーを飲んで、彼女の気がすむまで待つことにした。

その結果、二時間半も待たされる羽目になった。


「あっという間だったわ」

シャッターを半分閉めた古書店の前で、夏美はうっとりとして言った。

「気がついたら閉店時間。一日中いても飽きないわね」

「そ、そう……」

スマホをいじって二時間半、さすがに一郎はあの店には飽き飽きだった。何度か夏美に控えめに声はかけたのだが、本に夢中でガン無視されたのだ。

けっきょく彼女は一〇冊くらいは本を買ったようだが、店主の厚意で宅配便で送ってくれることになったらしい。いまはお気に入りの本一冊だけを持っていた。

帰り道の繁華街は酔客でごった返していた。制服姿の高校生など一郎と夏美くらいのものだ。路上の片隅で泥酔《でいすい》して座り込んでいる若者や、やたら大きな声で次の店を探しているサラリーマン風のグループ。『治安は普通』などと言ったものの、一郎はさすがに落ち着かなかった。

「そういえば、家の人に連絡はしたの？　もう八時まわってるけど」

「古本屋に行くことは伝えてあるから、大丈夫だと思う。位置データも共有してるし、それに……」

夏美は立ち止まり、繁華街の雑踏を見渡した。目を細め、軽くうなずく。

「仕事はしているようね」

「？」

「なんでもないわ。とにかく、これから帰ることは伝えておきましょう」

たぶん母親相手だろう、スマホにこれから帰宅する旨《むね》を手短に打ち込むと、夏美は買いたての本をぎゅっと胸に抱いた。

「思った通り、すてきな店だった。一郎くん、また来ましょう」

「ええ？」

一郎がぎょっとしたので、彼女は怪訝顔《けげんがお》をした。

「つまらなかった？」

「いや。そ、そんなことないよ。おもしろかったよ」

取り繕ったが、夏美《なみ》にもそれが嘘《うそ》だとわかったようだった。

「ごめんなさい。退屈だったみたいね」

「いや……」

「わたし夢中になると、まわりのことが見えなくなるの。それで何度も失敗してる」

夏美は肩を落とす。しかし二時間以上放置された身としては、かける言葉がすぐには思い浮かんでこなかった。

そのとき、横から声をかけられた。

「おっ、イチローじゃね？」

見ると若い男三、四人のグループだった。中学時代のサッカー部の先輩だと気づくまで、すこし時間がかかった。

「やっぱイチローだ」

「なに？　だれそいつ？」

「二中のサッカー部の後輩。全然ヘタでさ。万年補欠だった」

「はは。やめろって。彼女？　の前だろ」

「ってかイチローのくせに女連れかよ、おい」

「よく見るとかわいいじゃん」

仲間連中と好き放題に言ってくる。

その先輩は練習もサボりがちなのに、試合になると大活躍するタイプだった。身体能力が常人離れしていたのだろう。横暴でよく小突き回されたが、中学を卒業してからは縁もなくなっていた。その後高校を中退して、なにか違法スレスレの商売をしているらしいと、風の噂《うわさ》で聞いたことがある。

要するに、なるべく近づきたくない、ただの知人だ。

「なに黙ってるんだよ、おい」

「あ……すいません。先輩。ご、ごぶさたしてます」

「で補欠のイチローくん、女連れてなにしてんの？」

「や、勘弁してくださいよ。はは」

「なにしてるって聞いてんだよ」

冗談めかして先輩が軽いジャブ。胸に当たる。ちょっと痛い。

「いてっ。買い物して帰るだけです。この子は隣の家の子で……いてっ。彼女とかじゃ
……痛いっすよ。ほんと」

「おまえ、いやな奴《やつ》に会ったたって思っただろ」

「そんなことないです」

「正直に言えよ。なあ。『さっさとどっか行ってくれねえかな』って思ってんだろ？」

「ちょ……そんなことないですって。いてっ。マジ勘弁してください」

息が酒くさい。酔っているのか。まだ未成年なのに。

だが我慢していれば、いずれ飽きてどこかに行くだろう。そう思って必死に作り笑いをしていると、一郎を小突き回す先輩の手を、横からつかむ者がいた。

他でもない、夏美である。

「は？」

「やめて。気分が悪い」

「なに？」

「友達を叩《たた》くのをやめて、と言ったの」

「おおっとぉ？」

先輩とその取り巻きが一斉に盛り上がった。身長一八五センチくらいの大男の手を、眼鏡の女の子がつかんでいるのだ。身の危険など感じるわけもない。むしろ喜ばせるだけだ。

「こわいなぁ、こわいこわい。ふざけてるだけよぉ、ぼくたち？」

先輩はもう片方の手で、夏美の手の甲をまさぐってくる。

「最後の警告よ。やめなさい」

「やめなかったら、どうするの?」

「こうするわ」

「お……」

夏美は先輩の手首をつかみ、ひねりあげる。魔法のように男の体が沈み、続いて宙に浮き、一回転して、そばの立て看板を巻き込んでひっくり返った。

「!」

突然のことに、その場の全員がぽかんとした。仲間の連中も加勢どころではなく、目の前で起きたことが信じられない様子だ。

だが続いての夏美の行動は、さらに信じられないものだった。

彼女は倒れて朦朧《もうろう》としている先輩に歩み寄り、制服のスカートの下から黒光りするナイフを引き抜くと——そう、ナイフだ——ためらいなく相手の首筋に突き立てた。

「な……」

「ひ……」

血しぶきは飛び散らなかった。ごく少量の血が滴《したた》り落《お》ちるだけだ。しかしナイフはしっかり深々と刺さっている。

「動かないで。気道、神経、頸動脈《けいどうみゃく》。すべてよけて刺したわ。でも、すこし手元が狂えば……」

「ひっ……！」

「わかる？　自分の血に溺れて死ぬか、一生寝たきりで過ごすかよ？」

刺された先輩の顔が恐怖に引きつる。仲間連中はぴくりとも動くことができない。

一郎もパニック状態だった。なにがなにやら、まるでわけがわからない。ついさっきまで転校生の美少女とデート状態で歩いていたはずなのに。その美少女がナイフで人を刺し殺そうとしている。しかもなんか、手つきがこなれている……！

「や、やめ……助け……」

「あなたたちは帰りなさい」

仲間たちは顔を見合わせる。どうすればいいのかわからない様子だ。

「聞こえなかったの？　解散よ」

ナイフをすこしだけ動かす。先輩は裏返った悲鳴をあげた。

「か……帰ってくれ！　言われた通りに……ひい、ひっ」

男たちは困惑と戦慄の入り混じった表情で、そそくさとその場を立ち去っていった。夏美は油断なくその様子を見送り、すこしたってからナイフを引き抜き、先輩を解放した。

「ひっ……きゅ、救急車……救急車を呼んでぇ……」

先輩は仰向けに後じさりして、首の傷を押さえる。だがその首には傷などなかった。

「救急車を……刺されて……え……？」

「にせもののナイフよ」

夏美がナイフを指先でつついて、一郎に見せた。刃先が伸縮して、そのたびに赤い血のりがぴゅっと飛び出す。つくりはしっかりしているがジョークグッズだ。

「さすがに本物で、殺さずに刺すのは難しいから。父から止められてるの」

「え？　あの……」

「でも、何事もはじめてはあるし、いい機会だったかもしれない。このまま生かして帰せば、禍根が残るかもしれないし……」

夏美は冷酷極まる視線で先輩を見下ろした。スカートの下からもう一つナイフを取り出し、眼前に閃《ひらめ》かせる。

「これは本物よ。鹿や牛なら何度も刺してる。いい？　命が惜しかったら、わたしたちにはもう二度と関らないで」

「うあ……」

「誓いなさい」

「ち、誓います」

夏美は無表情のままうなずいた。

「よし。じゃあ一郎くん、行きましょう」

一郎はその場に棒立ちして、口をぱくぱくとさせるばかりだった。


次の日、土曜、一郎はどこにも出かけず、一日中を家で過ごした。

天気が悪く雨だったせいもある。だが夏美とばったり会うのを避けたかったというのが大きかった。

例の事件の帰り道、一郎は夏美とほとんど会話をしなかった。彼女がいきなり凄《すさ》まじい暴力を振るってみせたことに困惑し、その原因がもともと自分を助ける(?)ためだったことも忘れていた。

別《わか》れ際《ぎわ》に夏美は『ごめんなさい。ついむかっとして』と言ったが、その言葉にすら一郎はなにも答えられなかった。

たとえば『びっくりしたけど、正直スカッとしたね』だとか、気の利《き》いたセリフを言えればよかったのだが、なにしろ一郎は平凡な少年だ。夏美の美しさには心惹《ひ》かれていたが、彼の常識は全力で『彼女とは距離をおけ』と命じていた。

そうして日曜日。

昼過ぎに友人がメッセで連絡してきた。

『あの動画おまえだろ？　バズってるぞ』

『動画って？』

『これ』

送られてきたリンク先の動画を見た途端、卒倒しそうになった。

動画は先日の夏美と先輩との一件だった。

なにしろ週末の繁華街だ。ギャラリーは山ほどいたし、そのうちの何人かは当然のようにスマホを取り出していた。

いきなり一郎《いちろう》が先輩に小突かれている場面からスタート。横から現れた夏美がそれを止め、手をねじり上げてひっくり返す。そして彼女がナイフを抜いて、相手の首に突き刺す(ように見える)。そこで動画は終わりだった。その後の偽《にせ》ナイフだとわかるあたりは、いっさいカットだ。

タイトルは『美しすぎるJK、いじめっ子を成敗（マジで成敗)』。

カメラ性能のいいスマホらしく、夏美の横顔はよく撮れている。スカートの下からナイフを取り出すところなどは、白い脚がギリギリまであらわになっていて、そのカットがサムネイルにも使われていた。

再生数は――

『584，279』

こうして見ている間にも、数字は千の単位でどんどん増えていく。

「なんだこれ……なんなんだよ、これ……」

コメントを見る。いじめられっ子（一郎）への言及はほとんどなく、動画がフェイクなのか本物なのか、それから夏美《なみ》の素性についての憶測が大半の話題だった。伏字付きだが高校も特定されている。

どうしよう。

いや、どうするもなにも。

あのナイフは偽物だったんだし、先輩は生きている。客観的に見れば、ちょっとした街のいざこざにすぎないのでは。放っておけばいずれ鎮静化するだろう。きっとそうだ。そうにちがいない……。

そう自分に言い聞かせるが、胸の動悸《どうき》はおさまらない。ちらりと動画をもう一度見ると、再生数はもう65万を超えていた。

「ああ……」

一郎は玄関に向かっていた。会うのが気まずいだのと言ってる場合ではない。とにかく夏美に知らせないと。

隣の小野寺《おのでら》家の玄関チャイムを鳴らすと、出てきたのは夏美の父親だった。

「一郎くん、どうした？」

「あ、お父さん。夏美さんにお話がありまして……」

「夏美！」

父親がダイニングの方に声をかけると、夏美が応じる気配がした。

「いま家族会議の最中でな。ちょっと問題が起きたので、対応を検討していた」

「それって、もしかして夏美さんの動画のことですか？」

「そうだ」

「ご存じでしたか。でも、あれはショッキングなところだけ切り取ってるんですよ。夏美さんのナイフは偽物で……」

「もちろんわかってる。娘に頸動脈や神経を避けて刺すスキルはないからな」

「そ、そういう問題ではなく……」

「あの人数相手だと、君を守り切る自信が無かったのだろう。一郎くん、娘をどうか許してやって欲しい」

さらりとズレたことを言ってくる。この父親も、やはりおかしい。

「一郎くん」

夏美がやってきた。夏美の母親と安斗《やすと》も、ダイニングの戸口からこちらをうかがっている。

「ああ。ど、動画のことを知らせようと思って来たんだけど……。もう知ってたみたいだね。はは……まいったよ」

一郎は冗談ぽく言おうとして失敗した。

「ありがとう。弟がけさ気づいたの」

「僕じゃなくてアルだよ」

安斗が口を挟む。

「アル？」

「気にしなくていい。それで……夏美。一郎くんにお別れはいいのか」

「え……？」

「ごめんなさいね、一郎くん。夏美、お母さんから説明する？」

と、夏美の母親がたずねる。

「ううん。わたしから言うわ……」

夏美は一歩前に出た。

「一郎くん。いま家族で話してて、また引っ越そうって結論が出たところなの。うちは事情があって、顔が広く知れ渡ると……危険があるかもしれないから」

「え、いや……危険って。先輩たちのこと？　確かに柄は悪いけど、つけ狙ってくるほどじゃ……」

「あの連中じゃないの。もっとたちの悪い人たち」

「？　それって、どういう……」

ちょうどその時、表に軽トラックが止まった。どこでも見かける宅配便だ。運転席から降りた宅配業者が、小包と配送伝票を持って玄関先に入ってくる。

「どうもー。トマト運輸でーす」

一郎が業者に道を空ける。

業者が彼の横をすり抜け、小包から銃を抜く。

サブマシンガンとかいう銃だ。一時期ハマってたＦＰＳでよく使った。

サブマシンガン……！

なぜそんなものを持っているのか一郎には見当もつかなかった。

だが業者が銃を構えるのとほとんど同時に、夏美の父親がその銃口を押さえつけ、空いた片手で顎をつかみ上げた。

「………!」

宅配業者の体が空中で半回転して、その後頭部が床に叩《たた》きつけられる。にぶい音がして『宅配業者』はそのまま動かなくなる。目にも留まらぬ早業だった。

父親は息一つ乱さず、玄関から外をうかがった。

「え……ちょ……」

一郎は目の前で起きたことがよく理解できなかった。トマト運輸がやってきて、夏美の父親に叩き伏せられた。その業者の手にはなぜかサブマシンガン。

「思ったより早かったわね……」

と、夏美が言った。

「大丈夫？　殺してないでしょうね？」

と、母親が言った。

「ああ」

父親が平然と言った。

「やはり武器が必要だ。クローゼットにあるから取ってこい」

○　○　○

その戦闘は楽な部類のものだった。

敵の数はおそらく八名。しかし急いで集めた傭兵《ようへい》なのか、連携がまったく取れていない。最初の『宅配業者』がその証左だ。たった一人を事前に突入させてどうする気だったのやら。

それでこの自分を――相良宗介《さがらそうすけ》を――排除できると思っていたのだろうか。

倒した男はまだ若いし、根拠のない自信から、自分一人でいけると思ったのかもしれないが……。これを教訓に傭兵はやめて、普通の暮らしをしてほしいものだ。やり直すなら、人生早いに越したことはない。

敵から奪ったサブマシンガンは普通のホローポイント弾が装填されていたので、威嚇に全弾ばらまいておいた。

当たったら危ないので。

正面の敵が面食らって下がると、たったいま作動させた落とし穴に引っかかった。穴自体はたいした深さではなかったが、穴に仕掛けておいた瞬間接着液のカプセルが即座に反応し、男たちの足をがっちりととらえる。

高校時代から二〇年以上、非致死性の罠《わな》についてひたすら工夫を重ねてきた。いまや宗介は世界でもトップクラスの非致死性の罠職人であった（そんな罠に需要があるかどうかはさておき）。

娘の夏美が持ってきたカービンを受け取り、初弾を装填、セミオートで撃つ。新開発の電気スタン弾だ。落とし穴の敵の尻やら腕やらに命中。のけぞって痙攣《けいれん》し、敵はばたばたと倒れる。

「夏美。母さんと安斗を頼む。台所にいろ」

キッチンの食器棚やシンク類は防弾仕様になっている。何かあったときの避難場所だ。

「わかったわ。散弾銃、使っていい？」

「弾はスタンだぞ」

「うん」

「ああ、それと一郎くんも頼む」

かわいそうに突然の銃撃戦ですっかり混乱し、泣き顔をくしゃくしゃにした田中《たなか》一郎を夏美に引き渡す。

「一郎くん、わたしたちのそばにいて」

「……もういやだ。帰る、帰らせて……！」

「ごめんなさいね、一郎《いちろう》くん。帰るのはもうちょっとだけ待ってね……」

一郎をなだめるのは妻に任せておこう。自分はさっさと安全を確保しなければ。

庭のワイヤートラップに引っかかった敵を、電気スタン弾で黙らせる。これで四人倒した。

「あと四人だよ、父さん。正面に二人、裏に一人、斜向《はすむ》かいの屋上に一人」

キッチンから安斗が知らせる。ドローンを飛ばして家の周りを探ってくれているのだ。正直、非常に助かる。親孝行な息子を持って、父は大変うれしい。

玄関から持ってきた帽子を、試しにひょいっとさしだすと、風切り音と共に穴が空いた。

斜向かいの屋上からの射撃だ。

ちょっと厄介だ。狙撃手対策なら発煙弾だが――

「うーん……」

発煙弾か。近所迷惑だし、なるべく使いたくない。……などと迷っていると、安斗が言った。

「屋上の敵は無力化したよ！」

安斗のドローンには電気銃《エアテイザー》がついている。それを使ったのだろう。

父でもちょっと手こずる狙撃手を、さっと眠らせてくれるこの手際《てぎわ》。素晴らしい。

「でかしたぞ、安斗。あとでファミチキ買ってやる」

「やった」

あと三人。もうあきらめて撤退してくれないだろうか。どうせたいして高くもない金で雇われてるだけなんだろうし……。

「まあ、そうもいかんか……」

裏手の一人が侵入したようだった。廊下からダイニングへ向かっている。トラップを警戒しているようだったが、室内にトラップは仕掛けていなかった。妻が怒るから。

どすん、と重たい散弾銃の銃声。

夏美《なみ》の散弾銃だ。

「一人片付けた」

夏美がキッチンから言う。不意を打ち、首尾よく裏からの敵を片付けたようだ。ゴムスタン弾なので当たりどころが悪ければ重傷だが、まあこの際仕方がないだろう。

「よくやった。そのまま拠点を守れ」

夏美のおかげで全方位に気を使わなくてすむ。しかもさらっと敵を一人片付けてくれた。親孝行な娘を持って、父はとてもうれしい。

「さて……」

いい加減に正面の敵を片付けようと決める。

いつもの手を使うか。

宗介は手榴弾《しゅりゅうだん》の安全ピンを抜かずに投げつけ、少し遅れて自分も敵に肉迫した。

引っかかるか？

「グレネード！　グレネード！」

引っかかった。楽にすんだ。

一人が叫んで遮蔽物を求めて逃れ、もう一人が拾って投げようとしている。

まず逃げた一人の尻を撃つ。ボディアーマーを着てる相手には、尻を狙うのがいちばんいい。電気スタン弾を喰《く》らって、男は悶絶《もんぜつ》して昏倒《こんとう》する。

もう一人——手榴弾を拾って投げようとした敵は、それが安全ピン付きなことにようやく気づいたようだ。

至近距離に迫った宗介に銃を向けるがもう遅い。宗介は相手の銃を踏みつけ、重たい膝蹴りをかました。覆面姿の相手はたまらず銃を放り出して、地面に倒れる。

「…………っ！」

その最後の敵はけなげにも拳銃を抜こうとしたが、それも宗介は蹴っ飛ばす。それでもブーツに仕込んだナイフを抜く。蹴っ飛ばす。さらにもう一本のナイフを——

「いい加減にしろ」

銃の台尻を見舞ってやると、敵はナイフを取り落としてひっくり返った。

「くっ……」

女の声だった。覆面代わりのバラクラバ帽を取ってやる。歳《とし》のころは二〇代半ばだろうか。黒髪のショートボブ。

「雇い主は？　ネファリアス社かスカイラー社か？」

女は無反応だった。

「ではヘリオテックだな」

女の眉がぴくりと動く。当たりらしい。まあ雇い主がどこだろうと知ったことではないが。

あれから二〇年以上がたつ。妻とその『仲間』たちの持っている知識を狙っている勢力は、切れ切れに分裂して弱体化した。しかし、それでも、いまだにこうして攻撃してくる者たちが出てくる。妻の身柄を拘束すれば、歴史を操ることも巨万の富も思いのまま――馬鹿馬鹿しいことだが、まったく間違ってもいないのが厄介だ。

女がふてぶてしい顔のままだったので、状況をわからせるために言ってやる。

「近くに控えてた別動隊が来るのを待ってるんだろう？　たぶん無駄だぞ」

「?」

宗介はスマホで部下を呼び出し、スピーカーに切り替えた。正確には自分の部下というよりは、妻の部下だったが。

『軍曹。ご無事で?』

「軍曹はやめろ。そっちは?」

『片付きました。四名全員生け捕りに。いまそちらに向かってます』

スマホを切る。

「そういうわけだ。助けは来ない」

「……殺せ」

女の言葉に宗介は呆《あき》れ顔《がお》をした。

「かっこいいことを言ったつもりか? わざわざスタン弾を使っているこっちの苦労も知らないで」

「あなたは伝説的な傭兵だ。それがこんな手加減のような真似《まね》を……なぜだ?」

「殺しは子供の教育に悪い」

電気スタン弾を一発見舞う。女はのけぞり失神した。

……というか『伝説的な傭兵』って、なんだそれは。いつからか尾ひれ背びれがついて若い世代に噂《うわさ》が広まり、そういうことになってしまっているらしい。全盛期は単独で合計三〇機以上の敵を葬《ほうむ》ったのだから、伝説的といえば伝説的かもしれない。だが正直、真面目な顔でそんなことを言われると、すごく恥ずかしい。

まあいいか。さて。

「かたはついた。安斗《やすと》、周辺の警戒を頼む。母さんは俺と引っ越しの準備。夏美は一郎くんを送ってやれ」

「わかった」

「うん」

夏美と安斗が答える。

「って、なに命令してんのよ。軍隊じゃないのよ？」

妻——相良《さがら》かなめが玄関から出てきて不機嫌な声で言った。

「かなめ。子供たちは大丈夫か？」

「元気なくらい。……はあ。ここの生活も一週間ともたなかったわね」

「すまない」

「あなたのせいじゃないわよ。運が悪かっただけ。夏美を責めないようにね」

「ああ……」

かなめの肩を抱き寄せて、こめかみに軽くキスをする。連れそって二〇年になる妻は、心地よさそうに目を伏せた。

これまでいろいろあった。

彼らは人目を避けるため、おもに海外の僻地《へきち》で暮らすことが多かった。やむを得ない事情でばらばらに暮らすことも度々あった。しかし今回、めでたく四人そろって暮らせる目処《めど》がたったので、思い切って日本の平凡な住宅街に住んでみたのだが——

弾痕だらけになった家を見返し、宗介はため息をついた。

「ひどい有様《ありさま》だな……。今度の家はけっこう気に入ってたんだが」

「しょうがないわよ。元気出していきましょ！　さて、次はどこにする？」

「家はまだ首都圏に二、三軒あったな。関西にも」

「北海道にも九州にも沖縄にもよ」

かなめの力と『仲間』の尽力のおかげで、彼ら夫婦にはたっぷりと資金があった。彼女はいくつかの企業を所有し、世界中に資産を抱えている。その一つ、『ヤン＆ハンター』という警備会社が、相良夫妻の護衛も担当している。

その気になれば、武装した護衛に囲まれて豪邸で暮らすこともできた。しかしそういう暮らしを家族のだれ一人として望んでいない。そこでこうして、日本の郊外の住宅街に住んでみたわけなのだが――わずか一週間でこの有様だった。

家の前に黒塗りのワゴンが近づいてきた。白い字で『ハンター清掃』と書いてある。四人ほどの作業着の男たちがぞろぞろと降りてきて、宗介《そうすけ》とかなめに一礼した。

「周囲に他の脅威はないようです。すみませんでした。……その、軍曹どのに戦わせてしまって。これほど早く敵が来るとは」

リーダー格の男が言った。筋肉質のゴツいタイプだがまだ若い。

「仕方ないわ。引っ越したてで、まだ態勢が整ってなかったんでしょ？」

「恐縮です。マダム」

「後始末は任せていい？」

「はい。そろそろ警察無線と電話の妨害を解除します。撤収を急いでください。それで……軍曹どの。敵の捕虜はいつも通りの対応で？」

宗介に聞いてくる。

「ああ。身元をきっちり調べて解放だ。……あと軍曹はやめろと言ってるだろう」

「でも、社長はそう呼べと」

「社長はヤンだが、オーナーはかなめだ。そして俺は彼女の夫だ」

「夫なだけで、あんたは無所属。テディくんに命令する権利はないでしょ」

「…………」

かなめにかばわれて、『テディくん』と呼ばれたゴツい傭兵《ようへい》はほっとした顔をした。

「……とにかく任せたぞ」

宗介はカービン銃をテディに押し付けると、家に引き返した。地元の警察が来る前に撤収しなければならない。

玄関で夏美と田中一郎《たなかいちろう》に出会った。

「大丈夫か？」

「わたしのこと？　一郎くんのこと？」

「おまえは大丈夫そうだな」

夏美はけろりとしている。心配は要らなそうだ。憔悴《しょうすい》しきった様子の一郎に肩を貸している。

「撤収だ。急げよ」

「わかってる」

夏美はすこし寂しそうだった。日本に来て初めてできた友達だったのだから、無理もない。なぜか宗介は、高校時代の友人の風間信二《かざましんじ》のことを思い出した。ネット上ではたまにやりとりをしているが、もう一〇年以上会っていない。元気だといいが。

「さあ、一郎くん。家まで歩いて」

「あ、ああ……」

よろめきながら、一郎は夏美《なみ》に従った。

○　○　○

自宅の玄関に着くなり、一郎は踏み台に尻餅をついた。

両親は朝から秩父《ちちぶ》にハイキング中なので誰もいない。今さっき起きたあれこれが嘘《うそ》のように、自宅は静まり返っていた。

「短い間だったけど、楽しかったわ。これでお別れね」

夏美が言った。抑揚のない声だったが、それがいつにも増して感情が欠けているように感じられる。いつもよりも、ずっと。

「ま、待って」

「なに？」

「お別れって、その……これきり？　どっかに行っちゃうわけ？」

「そうよ」

一郎は矛盾した気持ちが自分の中でぶつかり合うのを感じた。

今すぐ夏美にこの玄関から出て行ってほしい気持ちと、夏美と一緒にどこかに旅立ってしまいたい気持ち。これまで通りの平凡な毎日に帰りたい願望と、すべてをかなぐり捨ててしまいたい衝動。

「ぼ、僕も……」

僕も連れていって——そんな言葉が出かけたが、意味のないことだと思ってすぐにやめた。

なにしろ自分はただのお隣さんだ。

「……いや。元気でね。小野寺《おのでら》さん」

「相良よ」

「え？」

「本当の名前は相良夏美。じゃあね」

夏美ははじめてほほえみ、一郎の前から立ち去った。

一週間もしないうちにいつも通りの日常が戻ってきた。

警察は一応来たがマスコミはなぜか来なかった。田中家のお隣、『小野寺』の家は解体業者がやってきて、取り壊しにかかっている。塀に残った弾痕はまだあるが、あの騒動の痕跡はそれくらいだった。

夏美とそのおかしな一家は影も形も無くなってしまった。だがまあ、どこかで元気にやっているのだろう。

一郎はいつも通りに学校に通っている。夏美のことも噂にはなったが、それもほんの数日だった。どの生徒も夏美のことをほとんど知らないままだったのだから、無理もない。

こうして田中一郎は、平凡な田中一郎に戻ったわけだが、すこしだけ——ほんのすこしだけそれまでと違うところができた。

ある日、夏美が読んでいた作家の本を読んでみたら、これが意外と面白かったのだ。それがきっかけで、夏美と出かけたあの古書店に彼は入り浸るようになった。店主ともなんだかんだで親しくなり、たまに店番のバイトもしている。

それだけだ。それだけだったが、彼にとっては大きな変化だった。

そうして数ヶ月後。

その古書店でのバイト中に、ネット通販の注文が入った。注文主の名前は『美樹原《みきはら》夏美』とあった。

一郎はくすりとだけ笑って、注文された本を発送する手続きをした。

第二話　東京都江東区のタワマン39階

「軍曹どの。はちみつレモンパフェとキャラメルパンケーキ、それから……ホットミルクをお願いします」

ファミレスのメニューを手にして、テディが申し訳なさそうに言った。筋骨隆々の傭兵だ。いまは黒のスーツにサングラスという『いかにも』ないでたちで、店の数少ない客を威圧しまくっている。

かたや相良宗介《さがらそうすけ》は、店の制服と蝶《ちょう》ネクタイを必要以上にびしっと着こなし、背筋を伸ばして端末を操作した。

「かしこまりました。復唱します。はちみつレモンパフェとふかふかキャラメルパンケーキ、あま〜い、いホットミルクですね？」

「あー……そうです。『ふわふわ』とか『あま〜い』とかはまあ、どうでもいいんですが……いえ、大事ですよね。大事。ふわふわ、ふわふわ、ふわふわ」

じろりとウェイターの宗介ににらみつけられて、テディは訂正した。

ここは日本全国、どこにでもありそうなファミレスだった。いまは深夜の三時すぎ。最近ではこんな時間まで深夜営業する店も珍しくなった。

宗介はおしぼりとおひやを運んできて、そっけなくテディの前につきだした。ウェイターというより、刑務所の看守みたいな手つきだった。

「ど、どうも」

「………」

ここはレジに近いカウンター席で、店内が漏れなく見渡せる位置だった。手が空いたウェイターが自然と待機する場所なので、宗介もそこに棒立ちする。

「あの、軍曹どの」

「軍曹はやめろ。いまは店員だ」

「あー、では店員さん。やっぱり外で待機してましょうか？」

テディが遠慮がちに言ったが、宗介は首を横に振った。宗介の『護衛』のこの男は大柄で目立つ。外に止めてある車も黒塗りのベンツだし、仮に敵が来たら最初に襲ってくれと言っているようなものだ。だったら自分の目につく場所に座らせておいた方がいい。いざというとき護《まも》りやすい。

「いいからそこで座っていろ」

「しかし……。ここだと軍そ——店員さんをしっかり護れません」

「いつも護衛などいらんと言っているだろう。妻がどうしてもというから、お前が付くのを我慢しているだけだ」

「軍そ——店員さんの能力《キャパビリティ》を疑っているわけではありません。ただ、念のためです。それにお仕事に集中したいでしょう？」

「もちろんだ。お前に外をふらつかれると集中できない。だから、そこで座っていろ」

「はあ……」

このファミレスで働き出してまだ一週間だ。

先日新しい住居をここ豊洲《とよす》に構えるにあたって、仕事に選んだのがこの近所のファミレスだった。妻と散歩中に、ここの表にあった求人広告を見つけたのだ。日本での平和な生活を始めるにあたって、仕事も日本らしいものにしたいとは思っていた。大宮市に引っ越したときはバタバタしていて職探しするヒマもなかったが、今回はちがう。妻もすこし微妙な顔つきではあったが賛成してくれた。

「でもなぜファミレスのウェイターなんですか？　その気になれば、もっと別の仕事もあるでしょうに」

「別の仕事。たとえば？　言ってみろ」

「ええ？　たとえば……非正規戦の教官とか。ＡＳ戦の教官とか。引《ひ》く手数多《てあまた》でしょう。年俸二〇万ドルはかたい」

実際、その手の勧誘はよくあった。とあるＰＭＣ（民間軍事会社）から年俸三〇万ドルで誘われたこともある。宗介《そうすけ》の本来の戦歴なら五〇万ドルでもおかしくないのだが、ほとんどの戦いが記録に残っていないので、相場から見るとこんなところだった（ちなみに旧知の上官がやっているＰＭＣはいろいろ世話になっているので、タダでたまに短期の教官をしている）。

「ギャラはいいが忙しい。それに俺もそろそろロートルだ。ほかには？」

「兵器会社のテスターとかアドバイザーとか。コネもあるでしょう？　ツーソン・インスツルメント社やらブリリアント・セーフテック社やら」

ジオトロン社やＥＨＩ社のような大企業はともかく、中小企業なら宗介はいくらでも伝手《つて》があった。宗介は専門のエンジニアではないが、工学的な知識もそれなりに持っている。兵器を開発して試すのなら、実戦をよく知り知見も備えた彼のような人材は、喉から手が出るほど欲しいだろう。

「それはたまにやってるが、もう飽きた。それに最新の機器は、若い奴《やつ》らに任せた方がいい。ほかには？」

「ほかには……そうだ、私たちの指揮官とか。みんな喜びます。どんな作戦でもやり遂げてみせますよ」

テディは『ヤン＆ハンター警備会社』というＰＭＣに所属している（相良《さがら》家の警備もしている）。いろいろあって傾いていた会社なのだが、妻のかなめが買い取って経営を建てなおした。宗介は何度かインストラクターとしてこの警備会社に招かれていたが、どちらかというと妻の代わりの監査役のような立場だった。テディたちが『警備員』としてきちんとした能力を持っているかどうか、確認したのだ。

宗介が下した評価は『普通』だった。テディたちは超・普通。かつて彼がいた組織のＰＲＴ（初期対応班）には及ばないが、まあ、給料分の仕事はできる。短所はない。あと士気が高めなのは好感が持てる。

彼らが宗介に指揮官になってもらいたがっているのは分かっていたが、彼としては気が進まなかった。

「買ってくれるのはありがたいが、そういうのはもう嫌なんだ。兵器とか作戦とか、セキュリティだとか。もうちょっと——」

ぴろぴろりーん。ぴろぴろりーん。

お客が卓上の呼び出しスイッチを押したようだ。宗介は話を中断してお盆を片手に応対に向かう。仕事を終えたタクシー運転手と思《おぼ》しきそのお客は、ブレンドコーヒーのおかわりをご所望だった。

「ブレンドコーヒーのおかわり。かしこまりました……！」

実直に答えてすぐ引き返し、厨房《ちゅうぼう》入り口のコーヒーサーバーを持っていく。細心の注意を払っておかわりを注ぎ、真剣な声で、

「ほかにご注文はございますか？」

とたずねると、そのお客はどこか居心地の悪そうな表情で、そっけなく首を横に振った。

この一週間、何度も見てきたお客の態度だ。こちらが真面目に応対すればするほど、お客は落ち着かない様子で『はやく向こうに行け』と言わんばかりになる。

コーヒーサーバーを持ち帰ると、キッチンスタッフがテディの頼んだメニューを出してきた。パンケーキとパフェ。ホットミルクは宗介が作る（レンジでチンするだけだ）。

こんな深夜に甘いものばかり食べて。そのうち病気になるぞ……と説教したいのをぐっとこらえて、テディにパンケーキやらパフェやらを持っていく。きっちりメニューを復唱。また看守のような手つきで出す。

「軍そ……店員さん。つかぬことを聞きますが、客商売のご経験はありますか？」

「すこしは。なんだその顔は？　疑ってるな？」

テディの微妙な顔を見て、宗介は言った。

「いえ。こう……もう少し愛想《あいそ》よくした方がいいかもしれませんよ。手つきもていねいに……」

「ていねいだろう。愛想もよくしている」

「あー、まあ……それで愛想いいつもりなんですね。じゃあいいですけど」

テディはパフェやパンケーキをスマホで撮影してから、舌鼓《したつづみ》を打っていた。この大男が食べるとLサイズのはずのパフェが小さく見える。

「それで……さっきの話の続きですが。つまり軍事関係の仕事はつきたくない、と?」

「……まあそうだ。しょせんヤクザな仕事だ。わかるだろう」

「私はヤクザじゃありません」

「いいや、似たようなものだ。老子だったか何だったたか……『兵《へい》は不祥《ふしょう》の器《うつわ》』という言葉もある。お前が尻のホルスターにしまってるのはなんだ?」

「グロック19ですが」

「名前はなんでもいい。とにかく銃だ。銃は不吉なもの。持たない方がいいものなんだ」

「ですが、これがないと、いざという時に軍曹どのを護れません」

「『いざという時』なんてものが来た段階で、ダメなんだ。争いを避けるための戦略で負けているということだろう。お前みたいな大男の護衛なんか必要なくて、もちろん銃も要らず、ファミレスの店員で十分な生活……それが俺の目標だ」

「はあ……」

「それはそうと、グロック19か。見せてみろ」

「え？　あー、はい……」

少しためらって、周囲の視線がないことを確認し、テディはホルスターから銃を抜いた。習慣からスライドを動かして初弾を抜こうとしたが、やめたようだった。相手が宗介なので暴発させる心配がないと思ったのだろう。

「初弾、入ってます。どうぞ」

宗介はその黒い銃を受け取ったが、初弾は確認しなかった。別に撃つわけでもないからだ。構えたときのバランスを確認し、マガジンを取り出し弾を抜いてもう一度、同じように構えたりした。グロックのようなポリマーフレーム（強化プラスチック製）の拳銃は軽いので、弾を消費するとけっこうバランスが変わってくるのだ。宗介はその塩梅《あんばい》を確かめたのだった。

「左手でも使えるようになったのか。ノーズもすっきりして……悪くない。トリガーに癖があるんだが、相変わらずか」

「さあ……自分はこのモデルしか知らないので」

「ふむ。撃たないとわからんか。これは……第五世代か」

銃の刻印を見て宗介は言った。

「これが最新ですね」

「近頃はグロックを持ってる奴が本当に増えたな……。昔は俺くらいしか使ってなかったのに……」

「そうなんですか？　さすが軍曹どの、先見の明ですね」

「いや、全然そんなものじゃない。たまたま手に入って、不満もなかったから使ってただけだ」

昔いた部隊の仲間たちが使っていたのは、スチール製の拳銃ばかりだった。まだポリマーフレームの銃に抵抗感が残っていた世代なのかもしれない。だが宗介より下の世代の連中は、ポリマーフレームの銃を当たり前のように思っている。中でもグロック19が法執行機関や特殊部隊で大人気になったのは、宗介からするとなんとも奇妙な感覚だった。

「軍曹どののグロックはまだあるんですか？　古いモデルも見てみたいな……」

いつの間にか『軍曹どの』に戻っていたが、もう面倒くさいので何も言わなかった。

「さすがにもうないだろうな。核攻撃の現場に置き去りだから」

「か、核攻撃……？」

「気にするな。昔のことだ」

あのグロック19──つるっとした第二世代のモデルを懐《なつ》かしく思い出す。高校の潜入の時によく使った。

「あのー、すみません。お会計……」

お客の中年女性がレジの脇から声をかけてきた。

「はっ。これは失礼しました」

宗介はグロックをテディに押し付け、応対する。会計の手続きを電子マネーでしている間、そのお客の視線はマガジンに九ミリ弾（ＡＰ弾）を詰め直すテディの姿に釘付《くぎづ》けだった。表情も背筋もひどく強張《こわば》っている。

いけない。深夜営業で暇を持て余していたとはいえ、ホールスタッフとして店内で実銃をいじるのは適切ではなかった（日本の国内法のことはほぼ忘れている）。

「ご協力に感謝します。またのご利用をお待ちして──」

宗介は告げたが、そのお客は二度とこの店には来なそうな気がした。支払いを済ませるなり、逃げるようにして店から出ていったからだ。

「どうだ。あのお客の怯《おび》えよう。やはり銃は不祥の器なのだ」

「そりゃ怯えますよ。見せなきゃいいだけじゃないですか」

「それはそうだが……とにかく軍事関係の仕事はしたくないんだ。お前もそのうちわかる。特に子供を持ったらな」

そう言いながらも、宗介は自分のその言葉にいくらかの後ろめたさを感じていた。娘の夏美《なみ》のことを思い出したのだ。彼女が生まれたとき、娘には銃や武器など持たせないと決意したはずなのに。辺境暮らしで必要な猟銃やらナイフやらにはじまって、気づけば散弾銃やカービンまで使わせてしまっている。

「子供なんて、まだ想像もつきません。彼女もいないし……」

テディがぼやいた。このテディ――本名はセオドア・ラストベルトという冗談みたいな名前の男は一八の時に米海兵隊に入って以来、一〇年以上、軍事畑で働いているそうだ。ほかの世界など想像もつかないのも無理はない話だった。

テディは護衛班の本部に『異常なし』と定時連絡を入れた。無線機ではなく、スマホで、ショートメールで。その方が記録も残るし確実なのはわかるが、不安ではないのだろうか？

「？　なんです？」

「いや……」

若者の新しい習慣にケチをつけるのもなんなので、宗介《そうすけ》は黙っておいた。

とはいえ、なんというか。

定時連絡を送ったのと同じスマホで、パフェやホットミルクの写真も撮ってるのはどうなのか。しかもそれをSNSにあげてるし。同僚が『いいね』までつけてるし。写真の位置情報などのメタデータとか、本当に安全なのだろうか？

そんな宗介の懸念《けねん》などそっちのけで、テディはパフェの残りを平らげている。宗介はまたお客に呼び出されて、コーヒーのおかわりやメニューの追加やらをこなした。

そうして外の空が白みかけて来たころ——

宗介は店の入り口でうろうろしている男に気づいた。

歳《とし》は二〇前後くらいだろうか。何度も行ったり来たりしていて、しかも落ち着きがない様子だ。視線を泳がせ、酒瓶くらいのサイズの紙袋を持っている。

テディは気づかず、スマホになにかを打ち込んでいる。……こいつは。

「ラストベルト」

「はい？　……あ」

ようやく彼も気づいたようだ。

「〇四二七時、ラクーン1、店の前に不審者一名……」

さすがにこういう報告は口頭のようだ。同時に例のグロックが収まった尻ホルスターに手を伸ばしている。

「まだ抜くなよ」

「ですが……」

「抜くな」

男はなにか決心したらしく、顔の下半分が隠れるマスクを着けると、入り口から店内に大股で入ってきた。レジにまっすぐ向かってきて、紙袋から何かを取り出し宗介に向けた。銃——のように見えたが、エアガンだった。しかもグロック19のエアガンだ。

「お……おとなしく、か、金を出せ」

震える声で男は言った。どんな事情があるのか知らないが、強盗らしい。宗介はテディと顔を見合わせた。

「抜かないで良かっただろう？」

「ええ、まあ……」

「き、聞こえなかったのか⁉　金を出せと言ってるんだ！」

「うるさい。他のお客の迷惑になる」

とはいえ未明のこの時間は客は三人くらいしかいなかった。その三人も居眠りしたり、スマホの動画に夢中だったりで、強盗が来たことすら気づいていない。

「金を出せば……め、迷惑はかけない。レジの金だ、早くしろ！」

「深夜営業のレジだぞ？　二万もない」

「いいから出せ！」

「最近は電子マネーのお客が多いしな。俺の財布の方がレジより入ってるかもしれん」

男はエアガンを宗介に突きつけた。

「金を出さないと、ぶ、ぶち殺すぞ！」

「その玩具《おもちゃ》で？」

「玩具なんかじゃない。これは、ごごご、ゴロックっていう拳銃だ……！」

『グロック』

宗介とテディは同時に訂正した。

「あー、強盗初心者の相手なんてアホらしい……。軍曹どの。やっちゃっていいですか？」

「やめろ」

「ええ？　でも――」

「そうやってすぐ暴力に訴えようとする。だからお前もヤクザだと言ってるんだ。ここは俺に任せろ」

「わかりましたよ……」

ため息をついてテディはカウンター席に座り直し、スマホに何かを打ち込んだ。たぶん
『異常なし』とかそんな連絡だろう。

「は、はやく金を――」

「お前にやる金はない」

「こ、この銃が見えないのか?」

「やめろ。そんなもの」

宗介はまったく苦労もせずにエアガンを奪ってしまった。

「あ?　ええ?」

「だいたいこんな安物で強盗するな。一目で分かるぞ。二九八〇円だろう?　昔、息子に
買ってやろうとしたことがあるから覚えてる。まあ買わなかったが。なぜか息子は銃に全
然興味がなくてな」

まるで魔法のように手からエアガンが消えてしまって、男は唖然《あぜん》とするばかりだった。

「うう……」

「お前がしたことは忘れてやる。さっさと帰って寝ろ。起きたら果物を食べろ。そして軽

くジョギングしろ。その後風呂《ふろ》に入ったら、職を探すんだ」

「で、でも……」

「もう一度言うぞ。帰って寝ろ」

宗介はエアガンを相手に押し付けた。男は回れ右して、店を出ていった。


その後宗介は朝六時までファミレスで働き、帰宅した。

帰宅といっても、歩いて三分もかからない距離だった。今度の住処《すみか》は湾岸地域のタワーマンションだ。地上四〇階建ての三九階に居を構えて、一〇日くらいになる。

海も見えるし景色はいいが、前の『小野寺家《おのでら》』の方が宗介は好きだった。妻のかなめも娘の夏美《なみ》も同意見だったが、息子の安斗《やすと》はタワマンの方が好みらしい。虫が来ないのが最高だそうだ。

三九階でテディと別れる。彼ら護衛班の詰め所は四〇階の真上の部屋で、宗介たちも表向きは四〇階の方に住んでいることになっている。もし敵が襲撃してきても、宗介たちは下の階で少しはのんびりできるというわけだ。

表札には『田中《たなか》』とあるが、適当な表札を買ってきて貼り付けただけだ。今回は『風間《かざま》』という偽名を使っている。風間宗介。風間かなめ。高校時代の知人友人の名前シリーズもそろそろネタが尽きてきた。もうあいうえお順で適当に選べばいいのではないか、と宗介は思う。

部屋に入るが、まだカーテンは閉まっていた。家族は眠っているのだろう。

——いや、夏美は起きていた。宗介の背後、玄関のすぐそばのシュー・クローゼットから、ナイフを片手にのそりと出てくる。タンクトップにショートパンツ姿。眠そうだ。

「お父さん。おかえりなさい……」

「夏美。またそこで寝てたのか」

シュー・クローゼットといっても家族の靴はほんのすこしで、半分以上は空いている。夏美はその空きスペースに寝具を持ち込んでいるようだった。まるで潜水艦の寝台みたいな狭さのはずだが、本人はむしろよく眠れるらしい。『敵が来ても背後が取れるし』とも言っていた。確かに無警戒とはいえ父の背中をとったのだから、あのクローゼットはいいポジションだ。

「もうすこし寝る……」

「ああ。だがすぐに起こすぞ」

夏美がクローゼットに引っ込んでいく。自室のベッドで寝る気はないらしい。

薄暗い廊下を歩いてキッチンに向かう。途中で安斗の部屋をそっと覗《のぞ》いてみると、こちらはまったく父には気づかず、ベッドから半ばはみだして天井に両足を突き出すような、名状しがたい寝相で気持ちよさそうに眠っていた。

手荷物をリビングに置いて、自分の寝室の様子をうかがう。音を立てないように気をつけながらドアを開けると、キングサイズのベッドにかなめが寝ていた。ぶかぶかのTシャツ一枚の姿だ。近づいて髪を撫《な》でたりあれこれしたかったが、やめておいた。朝のあと三〇分というところで起こすのはさすがに悪い。

キッチンに向かって、朝食の支度をする。目玉焼きやシリアル、トーストを人数分。

それからリビングのカーテンを開ける。明るい日差し。朝の東京湾。ずっと遠くにコンテナ船が見える。いい景色だ。なによりも、この部屋を狙撃できる場所が存在しないのがいい。ここを外から襲うなら戦闘ヘリが必要だろう。そして念のため、クローゼットにはきちんとスティンガー（携行式対空ミサイル）が隠してあった。ばっちりだ。

七時になったので、家族を次々に起こしていく。まず安斗。続いて夏美。二人とも不機嫌だったが、関係ない。尻を叩《たた》くようにして洗顔に向かわせる。それからかなめだ。今度は堂々と寝室に入っていき、カーテンを開け、妻の横に腰かける。

「七時だぞ。我が家の指揮官どのも起きる時間だ」

「もう殺して……」

どんよりとした声でかなめは言うと、彼の首に腕を回した。宗介はそのまま彼女の上体を起こしてやる。

「ほら。がんばれ」

「うーん……。ファミレスはどうだった？」

「すべて異常なしだ」

「本当～？　お客さんにナイフ突きつけたりしてないでしょうね？」

「ラストベルトに聞いてみるといい」

「あとでね」

かなめがぐいっと宗介を引き寄せて軽くキスをした。一回では物足りないので、二回、三回と繰り返しているうちに軽いキスが濃厚になってきたが――寝室のドアは開きっぱなしだし、リビングの方をあくびまじりの安斗が横切るのが見えたりなので、それ以上の雰囲気にはならなかった。

「これも、あとでね」

小声で言って、かなめはくすりと笑った。寝起きで乱れた髪とだぶだぶTシャツからのぞく白い肩。むしろもっと続きがしたくなったが、そうもいかない。

「朝食ができてるぞ」

「うん」

かなめは寝室付きの洗面所に向かう。そう、バスルーム付きの寝室なのだ。ニューヨークに持っていた家も全部の寝室にバスルームが付いていたが、日本では珍しい。

宗介《そうすけ》はダイニングに行ってコーヒーをいれた。夏美はもう朝食をとっていたが、安斗はリビングのソファで二度寝しそうになっていた。

「安斗。……安斗！」

ぴくりとして安斗が起きる。

「ほら、がんばれ。牛乳飲め、牛乳」

「うー……」

ダイニングまで這《は》うようにしてやってきて、どうにか牛乳を飲む。

「さてはまた夜更《よふ》かししたな？　ちゃんと寝なきゃ駄目だぞ」

「寝たよ……」

「何時に」

「二二時」

「ほう」

宗介はスマホを操作し、家のルーターのログを見た。

「二四時になってもえらい通信量だな」

「ね、姉ちゃんが動画でも見てたんじゃないの？」

「わたしのせいにしないで。それに動画を見る時間があったら本を読むわ」

即座に夏美が言った。

「じゃあ母さんだよ。仕事してたみたいだから」

「あたしはメールくらいしか使ってないわよ。……おはよ」

遅れてダイニングにやってきたかなめが言った。

「安斗。隠れてタブレットをいじってたな。もう寝る時に没収だな」

「やだよ！」

「どうしてだ。寝るなら要らないはずだ」

「それは……とにかくやだよ」

かなめはあえて会話には加わらずに、宗介がいれたコーヒーをすすっていた。むしろかなめの方が安斗のタブレットPCのやりすぎを心配しているくらいなのだが、ここで口論に加勢するのはよくないと思っているのだろう。

「ゲームか？」

「ゲームじゃないよ。いやゲームだけど。友達と変なシューティングを作ってて……」

友達というのが誰なのかは知らなかった。安斗は友達が世界中あちこちにいるので、宗介も最近は交友関係を把握できていないのだ。昔の相棒がネット上にいて面倒を見てくれているので、変な連中と付き合ったりはしていないだろうが。

「安斗……おまえの寝不足が心配なんだ。たっぷり寝るのが子供の任務だ」

「六時間は寝てるよ」

「最低八時間は寝なきゃだめだ。寝る子は育つと言うだろう」

安斗は小学四年生だったが、平均よりかなり背が低い。成長が遅めなだけかもしれないし、別にこのまま背が低くなっても実生活で困りはしないだろうが、男親としてはつい心配してしまう。

「別にいいよ、育たなくて」

そう答える安斗の声には、わずかな卑屈さのニュアンスが混じっていた。

「背丈のことじゃない。頭の成長にだって……いや、おまえは父さんなんかより賢いが、精神的な健康には悪影響が出るかもしれない。それに――」

「もういいでしょ。それより朝ごはん、朝ごはん」

かなめが言った。

「――そうだな。ほら、トーストはジャムとハチミツどっちがいい」

「……ハチミツ」

宗介はトーストにハチミツを塗ってやった。ファミレスで働くときよりもずっとていねいで、心がこもった手つきだった。

朝食がすむと夏美と安斗は身支度を整え、それぞれの学校に出かけていった。

安斗は地元の公立小学校、夏美は都心の私立高校だ。いまのところ問題は起こしていないようだが、特に親しい友人もいないようだ。

子供たちにはテディの部下が秘密裏に護衛についている。もしなにかあっても時間くらいは稼げるだろう。ほかにも万一に備えてあれこれ手は打っているので、心配はしていなかった。

「さて」

やっとかなめと二人きりだ。

彼女はほぼ在宅ワークなので、どこかに出かける必要はない。メールとオンライン会議で、部下に指示を出す用事がほとんどだ。

広いキッチンで朝食の食器を洗っている彼女に忍び寄り、腰を抱き寄せる。

「こら。朝から、もう……」

「朝しかタイミングが合わない」

「それはそうだけど……安斗の夜ふかし、どうしようかしらね」

「気づいてたなら、寝かせてくれ」

「何度か注意はしたのよ。でも本当に大事そうだったから」

「ゲームがか？」

「ゲーム製作よ。あの子の作るゲーム、妙に人気があるのよね。フォロワー数が五〇〇〇行ったってそれとなく自慢してたわ」

『ボルボックス』だか『クスラッチ』だか、そういうブラウザ上で動くプラットホームがあるのだ。わりと本格的なコードも書けて、ライブラリも充実してて、なかなか凝ったゲームを気軽に配信できる。安斗はそれに夢中になっているのだった。

「五〇〇〇。それはすごいのか？」

「かなり。だってまだ小四よ？」

「……安斗の出来がいいのは俺にもわかる。君に似たんだろうな。だが寝不足は……」

かなめが苦笑して小首を傾《かし》げた。なにやら同意していない様子だ。

「なんだ。その笑い」

「だって。安斗のオタクっぽさは誰かさんにそっくりでしょ」

「そうか？　俺は……」

まあ確かにそうかもしれない。かなめには何度も指摘されているが、宗介は本来オタクらしいのだ。銃器や装備、戦術に対する没頭の具合が、ゲームなどに対するそれとよく似ているのだという。そういう意味では安斗《やすと》は自分に似ているのかもしれない。

「あたしは元々はフツーの成績だったし。子供たちの地頭がいいのは、あなた譲りよ」

「……それは買いかぶりだと思うが」

宗介は本当にそう思っていた。自分の頭は平凡だ。一方かなめは『能力』を抜きにしても、賢い。はじめて会ったころからそれは感じていた。そうでなければ、北朝鮮の山奥で起死回生の一手を思いついたりなどするわけがない。

「まあそんなのはどっちでもいいでしょ。とにかく安斗のことは任せておいて」

「そうか。では任せる」

宗介はあっさりと言った。彼女がそう言ったのなら、任せておけばいいのだ。

「よろしい。じゃああたしは食器洗いに戻ります」

かなめはまだ起きたときと同じだぶだぶのTシャツ姿だった。すこし汗の匂いがするが、むしろそれが心地よい。首筋に顔を押し付けて深々と息を吸うと、彼女はくすぐったそうにした。

「あらあら。うちの軍曹どのはずいぶんと甘えんぼね」

「そう、甘えん坊なんだ。食器なんて放っておけ」

「だめだったら……うん……」

Tシャツの下に手を入れ、脇腹をやさしく撫《な》でる。ここ一月《ひとつき》で、わずかに肉付きがよくなったようだった。数ヶ月前は痩せすぎで心配なくらいだったから、いいことだ。

「ねえ、せめてシャワー浴びさせて……」

「一緒に入るか?」

「やーよ、恥ずかしいもん」

「何度も入ってるだろう」

「それでも恥ずかしいの……!」

若いころの険がとれたせいか、かなめはむしろいまの方が可愛《かわい》くなっているような気がする。いや、昔だって魅力的だったが、子供ができてからは普通に七転八倒《しってんばっとう》、あれこれ忙しくて、どうしても穏やかな暮らしができなかった。こうしてゆっくりできるようになったのも、最近になってからだ。

妻の頬や首筋にキスの雨を降らせる。彼女はうっとりと宗介の唇を受けいれ、彼の耳に甘く噛《か》みついた。もうベッドルームに行くのさえもどかしい。かなめの身体《からだ》を持ち上げてキッチンの作業台に座らせると、彼女は笑い混じりの小さな悲鳴をあげた。

「やあだ、ごはん作るところよ」

「君がごはんだ」

そのままTシャツを半分まくり上げ、むき出しのおへそに舌を這わせると、彼女が甘い声を漏らした。すこししょっぱい味がする。彼がショーツにかぶりつこうというところで
――二人のスマホがほとんど同時に振動した。

『あー……くそっ』

異口同音に夫婦で毒づく。

スマホを放り投げて銃でぶち抜きたい衝動に駆られたが、あいにく銃を持ち歩く習慣はやめてしまったので、すぐ手の届くところにある武器は包丁くらいだった。

電話はファミレスの店長の塚田《つかだ》という人物からだった。かなめの方の相手は、英語で応対してるから海外の部下か秘書あたりだろう。キッチンの隅まで行って、宗介は電話に出た。

「はい」

『塚田です。風間さん？』

「どうも、店長。なにか？」

『いや、さっき出勤してきたんだけど。ええとその……夜は変わったこと、なかった？』

「はい。通常通りの勤務でした」

あの強盗のことは言わなくてもいいだろう。ただの玩具《おもちゃ》を振り回しただけだし、一円も被害は出ていないのだ。

『そう。ふーん。それがね……けさ、近くのコンビニに強盗が入ったらしくて。さっき警察の人がうちにも来てね』

「は……」

いきなり雲行きが怪しくなってきた。あの男、うちのファミレスで失敗したから、近くのコンビニを標的にしたのか。その愚かさもさることながら、自分の善意を無下にされたことにも暗澹《あんたん》とした気分になった。

「犯人は？」

『まだ捕まってないらしいんですよ。それでね？　警察の人が、うちの防犯カメラの動画もチェックして……早朝にね、レジで……風間《かざま》さん、もうわかるよね？』

つまり宗介《そうすけ》が強盗を見逃した場面もばっちり録画されていて、警察に見られてしまった。普通は防犯カメラの録画なんて見返したりしないだろうと思って、動画は消去していなかったのだ。

「……すみません。ただの酔っ払いだと思って追い返しました」

『困るんだよねえ、せめて報告してくれないと。……あ、ども。ちょっと警察の人に代わるから』

がさごそと受話器の動く音。

『……あー、代わりました。豊洲《とよす》署の氷川《ひかわ》といいます。えー、二、三うかがってよろしいでしょうか？』

「どうぞ」

氷川という警官の質問は、形ばかりのものだった。時間や犯人の背格好、なにを話したのかなどなど。宗介は極力、嘘《うそ》を交えずに簡潔に答えた。

簡単な誘導尋問はあった。黒い帽子をかぶっていた、とこちらは言ったのに、すこし経《た》ってから『赤い帽子でしたっけ？』とたずねてきた。不審な点がないかどうかの確認なのはわかっていたので、普通に否定だけする。

『しかし、見事な手際《てぎわ》でしたね。おもちゃの銃をパパッと奪って。なにか武道でもやってるんですか？』

「いいえ。ただ隙を見て、サッととっただけです。映像だと早業っぽく見えるのかもしれませんが」

『ははあ。そういうものですかね』

この説明でどこまで信じているのかはわからなかった。それよりテディ（パフェを頬張るマッチョな黒服の白人男性）と彼の銃のことを聞かれないか心配だったが、彼のいた席は防犯カメラから見切れていたので話題にも出てこなかった。

「そちらにうかがいますか？　すぐ近所です」

『いえ。ご足労には及びません。なにか聞きたいことがあったらまた連絡します。どうも』

またがさごそと受話器の動く音。店長に相手が代わった。

『すまなかったね、風間さん。もう休むところだったんでしょう？』

「いえ」

『こっちも大忙しだよ。これから本社の人も来ることになってるし……』

「お忙しいなら応援に向かいますか？　融通はききます」

『あー、そのことだけどね……。言いにくいんだけど』

電話の向こうで塚田店長が口ごもる。視界の片隅のキッチンでは、先に電話の用が終わったかなめがすこし心配顔でこちらの様子を見ていた。

『風間さん、まだ研修期間だったよね？　それで……まあ、こういうことが起きると、ねえ……。すぐに知らせてもらいたかったなあ……と。僕個人としてはね？　まだまだ風間さんには、がんばって欲しかったんだけど』

「よく分からないのですが」

『えー……つまり……ね？　ほんとつらいんだけど、こういうこと言うの』

「いえ。遠慮なく言ってください」

『じゃあ言います。もう来なくていいよ』

〇　〇　〇

その翌日、昼すぎに——

「ほらほら、もういい加減、元気出しなさいよ」

近所のショッピングモール——そのフードコートのテーブル席に腰かけ、かなめが言った。

「さあ、うどん食べて。いやなことは忘れる、忘れる！」

「ああ……」

宗介は覇気のない声で答えて、割り箸をぱちんと割った。

「父さん、なんで落ち込んでるの？」

「だから、クビになった話よ。昨日、言ってたでしょ」

向かいに座る安斗《やすと》と夏美《なみ》が言った。夏美はみそラーメン、安斗はてりやきバーガーを堪《たん》能《のう》しているところだった。

「別にいいじゃん、クビになったって。本業に戻ればいいだろ」

「安斗。お父さんは真っ当な仕事がしたかったのよ。傭兵《ようへい》とか兵器会社のテスターとかじゃなくて」

「それだって真っ当な仕事だろ。職業に貴賎《きせん》なし、って言うし」

「まあ、それはそうなんだけど……。どう説明したらいいのかしら」

夏美は言いつつ、みそラーメンをずるずるとすすった。

「お父さんはね、普通の仕事がしたかったのよ」

かなめが代わりに説明した。

「この場合の『普通』っていうのは、危険だったり、特殊な技能が要らない意味の普通ね。せっかくまた四人で暮らせるんだから、そういう仕事の方がふさわしいと思ったのね。それはそれで、お母さんは素敵だと思うなー」

「そうなの？」

安斗に聞かれて、宗介はうなずいた。

「……まあ、そうだ。あいにくクビになったがな」

宗介はぶっかけうどんをすする。みじめさでまともな味がしなかった。

自分の子供たちに、勤め先を解雇された話を告げるのがこんなにこたえるとは思わなかった。世界中の、職を失った父親の気持ちがはじめて分かったような気がする。まあ本当に失業して明日をも知れぬ人に比べれば、自分の解雇などままごとレベルだというのはわかっているが。なにしろ彼の妻は億万長者だ。

今日は土曜日で、フードコートはけっこうな混雑っぷりだった。そこは一家の住んでいるマンションから徒歩で一〇分くらいのところにあるショッピングモールだった。近隣の区の中ではいちばん大きいモールだ。予定もなかったので気分転換がてら、四人で昼食に出かけてみたのだった。

子供たちはそれなりに楽しんでいるようだった。

なにしろこれまで住んだ環境が、外国の辺境ばかりだったのだ。安斗は昔の戦友一家に預かってもらっていた時期があるので、カリフォルニアのモールなどには行ったことがあるそうだったが、日本のそれは未経験だったし、夏美に至ってはモール自体がはじめてだった。

かなめが言った。

「ごはん食べたらどこに行こ？　とりあえずウニクロかしら。安斗のパンツと靴下が足りないのよね。あと夏美の……いろいろも」

夏美がこくりとうなずく。たぶん下着だろう。

夏美は年頃なのだが、着るものにまるでこだわりがない。親が買うものを文句一つ言わずになんでも着ている。気をつかっているのかと思ったがそうではなく、本当にそれで構わないらしい。かなめが高校生のときはそれなりにおしゃれだった記憶があるので、夏美のこういうところは宗介に似たのかもしれない。

「ほかに行きたいとこは？　夏美？」

「本屋」

「オーケー。安斗は希望ある？」

安斗はスマホで案内図を眺めていた。

「うーん、服屋ばっかりだな。待って、このＨＬＶって……ＣＤショップ？　ＣＤって、ディスクの？」

「そうよ。懐《なつ》かしいなー、ＨＬＶ」

「すげえ！　そこ行きたい！　ＤＶＤ！　ＤＶＤ！」

ＤＶＤのなにに惹《ひ》かれるのかわからないが、やたらと盛り上がる安斗の横で、夏美が立ち上がった。ラーメンをスープの最後の一滴まで飲み干していた。

「水おかわり。いる人」

「はーい」

かなめが手を挙げ、宗介と安斗は『いらない』と首を横に振った。宗介は娘がラーメンを完食したのが気になっていた。

「次はスープは残せよ。体に悪い」

「でも、おいしいのよ」

「塩分と脂の塊だぞ。うまいのは当然だ」

「水飲めば大丈夫よ。……行ってくる」

すこしだけ不服そうに夏美は言った。

○　○　○

夏美が向かったウォーターサーバーは紙コップが切れていた。仕方がないので席からずいぶんと離れた別のサーバーに向かう。

もう一四時を過ぎていたがフードコートはまだまだ混雑しており、人混みを避けて通るだけでもけっこうな苦労だった。とはいえ夏美は、このフードコートという食事のシステムが大変気にいっていた。家族それぞれが好き勝手にメニューを選べるし、飲み水や布巾を自分で用意するのもいい。

そしてみそラーメン――そのおいしいこと、おいしいこと！　最近気づいたのだが、自分はラーメンが大好物かもしれない。海外でもインスタントなら何度も食べたが、日本でちゃんとしたラーメンを食べたのははじめてだった。これは街中にあるほかの店も開拓すべきかもしれない……。そういえば大宮にもたくさんラーメン屋があったが、行かなかったのは惜しいことをした。

ウォーターサーバーにくると、三、四人が並んでいた。夏美はその列の後ろに立つ。その直後、すこし離れた席の子連れ客が、食器を落としてけたたましい音を立てた。

「…………！」

夏美は一瞬だけ身構えたが、すぐに警戒を解いて前を向いた。だがその拍子に、今度は別の客に衝突してしまった。しかもその客の持っていたお盆には、汁のたっぷり残ったうどんのどんぶりが載っていて――

「あ……」

夏美は草色のシャツを着て白のショートパンツをはいていたが、それがスープをひっかぶってしまった。

「ああ！　すみません、すみません……」

あわててハンカチを取り出し、その客は平謝りした。中年女性——たぶん母と同じくらいの人だった。どんぶりはそっちのけでサーバーの脇にあった紙ナプキンを山ほどとって、立ち尽くす夏美にたずねてくる。

「すみません、あの、よろしいですか？」

自分の体に触れる許可を求めているのだと気づくまで、夏美はすこしかかった。

「あ、はい……」

女性客は紙ナプキンでぽんぽんと叩《たた》くようにしてスープを拭う。ていねいで優しい手つきだった。

「ごめんなさい、本当にごめんなさいね。ああ……きれいなお洋服が台無しです。これはちょっと……落ちないかしら」

「大丈夫です。安物ですし……」

と言いつつ、夏美は自分の服の値段も知らなかった。いまの家に引っ越したタイミングで、母のかなめがまとめて通販で買い物した服を着ているだけだったからだ。ちなみに母の服もよく夏美は着る。さすがに下着までは共用しないが、それも母が難色を示すからで、本人は別に構わないと思ってるくらいだ（母の下着は夏美には少々きついのだが）。

「とにかくこちらの不注意ですから、気にしないでください。それじゃ……」

人目が集まっているのはあまりよくない。水を汲《く》むのはやめにして、夏美はその場を離れようとした。しかしその女性客は夏美についてきて、なおも謝罪してきた。

「しつこくてごめんなさいね、お嬢さん。でも、このままではこちらの気が済みません。お洋服を弁償します。どうか……」

「本当に大丈夫です」

「せめてクリーニング代だけでも出させてください。ああ……でもこの染《し》みは駄目かしら……やっぱり弁償させてくださいな」

その女性客はすこし取り乱していたが、見るからに上品そうな物腰だった。シンプルなダークブラウンのワンピースに白のカーディガン。肩までの黒髪は見事な濡《ぬ》れ羽色《ばいろ》で、肌は抜けるように白く、和服を着たらきっとよく似合うだろう。母とはまた違った美しさだった。休日のフードコートにいるのが場違いに思える。

その淑女が必死に夏美にとりすがっているので、いやでも注目を集めてしまう。注目はまずい。先日もそれで引っ越す羽目になった。仕方なく夏美は立ち止まり、その女性客をなだめるように言った。

「わかりました。じゃあシャツだけ……その辺の店で」

「ああ……ありがとうございます。じゃあ申し訳ないですけどお時間、お借りしますね。お一人ですか？　ご家族は？」
「家族と来てますけど……連絡しておくから、行きましょう」
「そうですか？　それじゃ……」
　先に歩き出した女性客についていきながら、スマホを取り出し家族グループにショートメッセージを送る。
《夏美：ちょっとシャツ買ってもらう。行ってて》
《母：⁇　なにそれ⁇》
《夏美：うどんかけられた。お母さんくらいの女の人》
《父：脅威や不審な点は？》
《夏美：無害》
《父：ならよし》
《母：よくない。母さん行くから。挨拶する》
《夏美：いい。すぐ終わりにするから》
《母：だめだって》
《安斗：ほっときなよ》

《夏美《なみ》：後で連絡する》

とりあえずスマホはやめて、女性についていく。

「ご家族にご連絡できました？　どんなお店がいいのかしら。考えてみたら、若い人向けのお店は不案内で……。一〇歳の娘がいてGEPならよく使うんですけど。ああ……年頃の娘さんの使うお店ではないかもですね」

女性はショッピングモールを歩いていった。フードコートのある三階はブティックがあまりなかったので、エスカレーターを使って二階に降りる。そのおり、通りかかったスーツ姿の男が彼女に声をかけてきた。禿頭《とくとう》の初老の男だった。

「社長！」

男に呼ばれて、女性は立ち止まった。

「こちらにいらしたんですか……！　捜したんですぜ」

「柴田《しばた》さん」

「へい。もうすぐ先生がお見えになります。お店の方に戻っておくんなさい」

「あら。予定より早いですね……。困ったわ」

「前の予定が空いたとかなんだとかで。まったく建築家なんて勝手なもんでさ。……ところで、そのお嬢ちゃんは？」

柴田と呼ばれた男は、夏美の顔と服の染みを交互に、無遠慮に眺めた。スーツは着てるが、どことなく柄が悪い。

「このお嬢さんは……わたしがうどんの汁を引っかけてしまって。お洋服を弁償しにいくところです。そういうわけで買い物があるから、先生には待っていてもらいましょう」

「社長、それはまずいですぜ。先生が気を悪くすると、雑誌の件が……」

「ですがこのお嬢さんを待たせるわけにもいきません。こんな大きな染みのついた服を着たままなんて、不憫《ふびん》です」

「ですがねえ……」

詳しい事情はわからなかったが、夏美にもこの女性——『社長』に大事な用があるらしいことは理解できた。

「行ってください。わたしは構わないですから」

「いいえ。一度交わした約束を破っては、渡世の義理が立ちゆきません」

「とせい……？」

「行きましょう、お嬢さん」

「ああ、社長……！」

柴田という男を残して、『社長』はさっさと行ってしまう。どうしたらいいのかわからず、夏美は彼女の後についていった。

「そういえば、名前がまだでした。わたしは林水《はやしみず》と申します」

〇　〇　〇

宗介《そうすけ》たちはフードコートを後にして、CDショップに来ていた。

安斗《やすと》は最初、大量のCDやDVD類に興奮していたが、どれもオンラインで鑑賞できるものばかりだと気づいてからは、テンションがやや下がっていた。

「せっかくだし、なんか買ってあげようか？」

と、かなめが言う。

「うん。でも韓流アイドルとかアニソンばっかりだね……」

一通り売り場を回って安斗が言った。

「あら？　いいじゃない韓流アイドル。よく知らないけど。……でも確かに昔とノリが違うわね。母さんが高校くらいの頃は洋楽が多かったな……」

「むしろ演歌とか欲しい。昭和の歌謡曲とか」

「渋いわね、安斗……」

「ってかこのディスク、再生機ってうちにあった？」

「あー、プレイヤーか……。そういえばないかも」

「じゃあ電器屋も行こ！　電器屋！」

なんだかんだで楽しんでいるようだ。宗介はスマホを見た。夏美からはあれきり連絡がない。例によってテディの部下がひそかに護衛についているし（夏美自身も知っている）、位置データを共有しているのでまあ、心配はいらないだろう。

おおざっぱだが、おそらくいま夏美がいるのは——

「ダーククイーン？」

「それってギャル系のブランドでしょ？　豹《ひょう》柄とかコテコテの」

かなめがスマホをのぞきこんで言った。

「え、夏美が？　うそでしょ？」

「そういう年頃なのかもしれん」

これまで思春期の大半を、宗介と辺境での厳しい生活を送ることに費やしてしまった。その夏美がギャル（？）な服飾を志すのなら、父親としては応援してやりたいところだ。

「なわけないでしょ。あたしやっぱり行くわ。ダーククイーンってけっこう高いし。さすがに相手に悪いでしょ」

「そうか」

「あなたは安斗と遊んでて」

「わかった」

「なんでも買い与えちゃだめよ。CDは二枚までね」

「わかったからいけ」

「ホントにわかってるのかしら……」

かなめは首をひねりつつCD屋を出ていった。店の外に控えていたテディ(今日はアロハシャツだった)が、かなめの後についていく。

「さて安斗、なにを買う？　CDなら父さんに任せろ」

「五木ひろしとSMAPならいらないから」

「……そうか。だが困ったな。ほかにおすすめの歌手を知らん」

「選択肢せまっ。……まあいいよ、目星はもうつけてるから。ええとね、これと……これ」

安斗が選んだCDは美空《みそら》ひばりとゴダイゴだった。どちらも昭和の名アーティストらしい。

「よくわからんが、それでいいのか？」

「うん。動画で聴いたことあるから。どっちも良かった」

「そうか。後で父さんにも聴かせてくれるか？」

「もちろん！　でもプレイヤーがいるよね。次は電器屋いこ、電器屋」

会計を済ませてCD屋を出る。安斗は上機嫌で宗介の手を握った。

こうして息子と手をつなぎ歩いていると、宗介は不思議な気分になる。自分がいま味わっている幸福と、その幸福にある種の後ろめたさを感じていること。こんな幸福がながく続くわけがない……そう思ってしまう自分の否定的な部分を、息子の笑顔がすべてかき消してしまう、奇妙な安心感。

夏美ももちろんそうだったが、安斗は息子だからか、別の感慨を抱かせるのだろう。これくらいの歳《とし》のとき、自分は暗黒の中にいた。その暗闇から一歩、開かれた世界に連れ出してくれた人の名前をもらった息子が、いまもこうして光の中で手を引っ張ってくれている。もちろんあの人は——アンドレイ・セルゲイヴィチはこんな明るく笑ったことなどなかった。安斗とはなんの縁もない別人だし、戦争で摩耗し、笑い方さえ忘れてしまったような男だった。だがいま彼の年齢に近づいて、当時の自分と同じ年頃の息子と歩くのは——ひとことでは言い表しようのない、奇妙で満ち足りたひとときだった。

安斗はショッピングモールの案内図を眺めてぼやく。

「あー。電器屋、いちばん遠くだ。めんどいなあ……」

「せいぜい四百メートルくらいだろう。がんばって歩け」

とはいえ今どきの電器屋がCDプレイヤーなど扱っているのだろうか？　通販の方が確実な気もするが……と考えていたそのとき、宗介は気づいてしまった。

行き交うモールの客の中に、あの男がいた。

早朝のファミレスに押し入った、あの強盗犯だ。店に押し入ったときはマスクをつけていたが、その前から観察していた宗介は男の顔を覚えていた。

歳は二〇前後。いまは黒のジャケットを着ている。中肉中背で、安物のバッグを肩にかけている。どこか落ち着きのない様子だ。

なぜこのモールに？　まさかまた強盗を？　こんな白昼に？

「どうしたの、父さん？」

「うん。あー……」

宗介は迷った。いまあの男を取り押さえるのはたやすい。声をかけて、腕をとって、組み伏せるだけだ。それから警察を呼んで、事情を話し、豊洲《とよす》署の氷川《ひかわ》とかいう刑事を呼んでもらって、また事情を話し、強盗犯を捕まえた手腕のことでまたあれこれ詮索されて、偽造免許証などあれこれを見せるリスクを――

馬鹿馬鹿しい。見なかったことにするのが一番だ。

「なんでもない。行こう」

　あの男のせいでファミレスをクビになったというのに、このまま見逃すのは業腹《ごうはら》だが、まあ仕方がない。それに安斗もいる。暴力を見せるのは教育上よくない（何度も敵を制圧するのを手伝わせているが、それでもよくないものはよくない）。

　宗介は安斗とその場を立ち去った。去り際に男が台所用品の店に入っていくのが見えたが、どうでもよかった。

◯　　◯　　◯

「本当、娘がうどんかけられたっていうから何事かと思ってたら……！」

『ダーククイーン』のすぐ外の通路で、母のかなめが笑った。

「まさか相手がお蓮《れん》さんだなんて！　こんなことある？　びっくり」

「わたしも驚きです」

　その女社長——蓮という名だった——は、手で口を覆って笑った。

「でも言われてみれば、夏美《なみ》さんは似ていますね、千鳥《ちどり》さんに……いえ、どう呼んだらいいのかしら。相良《さがら》さんだと旦那様と区別がつかないし」

　母の旧姓が『千鳥』だったのを、夏美は思い出した。ごく稀《まれ》に、父が母のことをそう呼ぶことがある。大抵は非常時だが。

「うーん、やっぱ『かなめ』？」

「はい。ではかなめさん」

ちょっと改まった調子で言ってから、二人は笑いあった。

「それで、かなめさんと夏美さん、雰囲気はちょっと違うけど、やっぱり似てますね」

「そうかな？　あ、確かに耳の形は瓜二《うりふた》つよ。ほらほら」

かなめが顔を寄せてくる。夏美は耳の形など意識したこともないのでぴんとこなかったが、蓮は『まあ、本当そっくり』だのと感心していた。

「っていうか……夏美。その格好は？」

夏美はピンクの豹柄シャツにデニムのミニスカといった格好だった。夏美も蓮もファッションに疎《うと》かったので、店員に薦められるまま選んでしまったのだ。『すごいスタイルいいから、絶対似合ってますよ！』とのことだった。

「すみません。手近な店に入ったら……やっぱり少し派手だったかしら」

「いや、これはこれでかわいいし、本人がいいなら……。どう夏美？」

かなめと蓮が様子をうかがってくる。夏美はこくりとうなずいた。

「いい」

「そう、ならまあ。……せっかく買ってくれたのに反応薄くてごめんね、お蓮さん。この子はどうも着るものに無頓着で」

「ふふ。きっとなにを着てもかわいいからですよ。姿勢がいいからわかります」

夏美はほんのすこし気恥ずかしさを感じた。この蓮という人が言うと、ただのお世辞には聞こえない気がする。だとしてもとんだ買いかぶりだが、それがなぜか不快ではない。

この蓮は母の高校時代の同級生だという。ネット上でたまにやりとりはしていたが、直接会ったのは二〇年ぶりだそうだ。そのせいか、さっきから母のはしゃぎ方が高校生みたいだった。ぴょんぴょんと跳んで、小刻みに手を振りながら蓮に抱きつく仕草は、学校で同級生の女子たちが見せるそれとそっくりだ。

「そういえば！　センパイはどうしたの？　今日は一緒？」

「いえ。今日は仕事で来ているものでして。主人は別です」

「そういえばごめんね。結婚式、出れなくて。住まいが遠くの山奥でね、しかもこの子がまだ小さくて……」

「いえいえ。むしろそんな遠くから電報をいただいて、ありがとうございました」

「直接見たかったなー、お蓮さんの花嫁衣装。写真はもらったけど、すごいきれいで……。あ、写真といえば！　娘さん！　すっごいきれいな子！　うちの下の子と同い歳《おなどし》なのよねー。今度遊びに連れてきたいわー！　絶対仲良くなれると思う！　ははは！」

完全にハイテンションのおばさんになって、かなめはまくし立てた。

「ええ、ぜひぜひ。というか、夏美さんから伺いましたけど、いまは東京にお住まいなんですね？」

「あ……うん。ほんとつい最近、戻って来て……」

かなめはちょっと我に返った様子だった。いちおう自分を狙う連中がいて、そのせいで引っ越しが多いことを思い出したのだろう。もちろん蓮を巻き込むことはないだろうが、それでも友人に気軽に会える立場ではないのだ。

「落ち着いてから知らせよう、って思ってたの。ごめんね……」

「あ……気になさらないでください。ご都合もいろいろあるでしょうから」

蓮も少し声のトーンを落として言った。相良家の事情をある程度は知っているような口ぶりだった。

「でもせっかくお会いできたし、もっとお話がしたいです。相良さんもご一緒なんでしょう？　立ち話もなんですし……かなめさん、お時間は？」

「あ、ヒマ、ヒマ。むしろお蓮さんは？　仕事がどうとか言ってたけど」

「あ……」

先ほどの柴田《しばた》とかいう部下との会話をようやく思い出したらしく、蓮は両手で口を覆った。

「いけない、用があるのを忘れてました。うちのお店に来客が……」

「？　そうなの？　時間かかるなら、またにしとくけど……」

「いえ、ほんの少し待っていただければ済みます。これからお店にご一緒にいかがでしょう」

「いいけど、お店って？」

「『ミキハラホームズ』か……この辺のはずだが」

かなめからのショートメールを見返して、宗介《そうすけ》は言った。

安斗《やすと》と電器屋に行ってCDプレイヤーは見つけたが、いささか値段が高かったので通販で買うことにしていた。宗介は二、三千円の差くらいなら構わなかったのだが、安斗が『通販の方が全然安いよ』と主張したのだ。息子の方が経済観念が高いのも考えものだったが。

それで、かなめからの連絡があった。

夏美のトラブル相手が『お蓮さん』こと美樹原《みきはら》蓮だと聞いて、宗介も驚いた。高校時代の生徒会の書記。ひょっとしてなにかの陰謀か——いや、さすがにそれは考えにくい。本当にただの偶然ということか。

蓮とは二〇年近く会っていない。美樹原が旧姓になったことは知っている。夫が誰かも。

モールの三階、すこし人出が落ち着いたあたりに『ミキハラホームズ』のショールームがあった。大小の開店祝いの花輪が飾られており、客の出入りも多い。

「あ、きたきた。こっち」

待合席の一角からかなめが手を振った。横には夏美もいて、お茶を飲んでいる。その向かいには初老の禿頭《とくとう》の男がいた。美樹原組の若頭、柴田だ。懐《なつ》かしい。

「へえ！　こちらがかなめさんのご主人ですかい。はじめまして、柴田というもんです」

柴田が言った。『はじめまして』という言葉は奇妙に感じたが、考えてみたら宗介が素顔で柴田と会ったのはほんの一瞬だけなので、覚えていないのも無理はなかった。そのあたりの事情を話すとややこしいので、宗介は会釈《えしゃく》だけしておいた。

「昔、かなめさんには大変お世話になりやして。こちらはお坊ちゃんですか。まあ賢そうなお子ですなあ……！　ジュースかカルピスでもいかがですかい？」

「レッドブルあります？」

かなめの隣に座り、安斗が無遠慮にたずねた。

「こら安斗。すみません、カルピスで」

「へへい。社長はもう少しで応対、終わると思いますんで。お待ちください」

柴田は飲み物を取りにいく。宗介は夏美の格好をしげしげと眺めた。ミニスカートはたまにはいているのでなんとも思わなかったが、ピンクの豹《ひょう》柄は珍しい。

「新型の都市迷彩か」

「さすがにそれはない」

夏美がそっけなく言った。

「立派な店だな。会社をやってるとは聞いていたが……」

広々とした店内を見まわし宗介がつぶやくと、かなめが同意した。

「ほんと。元はヤクザ屋さんだなんて信じられないわよねー。柴田さんは営業部長だって。他のみんなも元気らしいわよ」

ミキハラホームズ。

リフォームの会社だ。できること、できないことのフォーマットをかちっと決めて、その代わり安くてはやく、それなりにセンスもいい。元の『美樹原組』が新会社になって一五年で急成長。基本、ネットでの受注が主だったが、最近は関東を中心にショールームも出している。

その社長が蓮《れん》だった。

テナントの空きができたのでこのモールに出店することになり、蓮はその開店セールに来ているということだった。いまは会社が世話になっている建築家の応対に出ている。

美樹原組のことはもう知らない社員が大半らしい。元の組員も多くはまだ在籍しているが、身を固めてすっかり堅気の生活になじんでいるそうだ。

すっかり堅気——それをかなめから聞いたとき、宗介はなぜかほろ苦いものを感じた。

あの弱小やくざが堅気になって、しっかりとした事業で成功している。それ自体は大変けっこうなことなのだが、なぜ素直に喜べないのか。

つい先日、護衛チームのテディに話したことを思い出す。『傭兵《ようへい》なんて、しょせんはヤクザな商売だ』——なんとも皮肉なことだった。自分は思いつきではじめたファミレスのバイトをクビになり悶々《もんもん》としているのに、本物のやくざ連中は一〇年以上地道にやってきて、いまはこうした店まで開いている。

「やはり先輩の手腕か」

『先輩』というのは林水敦信《はやしみずあつのぶ》のことだった。かつての生徒会長。いまでは蓮の夫でもある。

「そりゃあね。お蓮さんは社長だけど、経営のことは林水センパイが仕切ってきたらしいわよ」

「今日はいないのか……？」

「そう聞いたけど。会いたかった？」

「もちろんだ。いや……どうかな。よくわからん」

宗介は林水とは二〇年以上会っていなかった。結婚祝いなどの短いやりとりはかなめを通じてしていたが、それだけだ。お互い、人付き合いがマメな種類の人間ではない。顔をあわせて話したのは、高校時代、あの放課後の屋上が最後だった。

あの放課後の屋上。

彼に『もう無理だと思うよ』と告げられた、あの冬の夕方の空気。

昨日のことのように鮮明に覚えている。

それから紆余曲折《うよきょくせつ》はあったが、一段落がついて一瞬だけあの高校に帰ったとき、当然だが林水はもういなかった。志望の大学に進んで、京都だかどこだかにいたそうだ。

彼は彼の人生をまっすぐ進んでいった。それで終わりだ。

また会いたいのは本当だったが、いまの自分の体《てい》たらくを彼の前にさらすのは、ためらいがあった。

「フクザツな男心ってわけね」

さすがにかなめは宗介のそんな気分を察してくれたようだった。宗介と林水の間柄をいちばん身近で見ていたのも彼女だ。

「まあ、そんなところだ」

「ほんと妬《や》けちゃうわ」

「なぜそうなる」

そのおり柴田が飲み物を持って待合席に戻ってきた。柴田が嬉《うれ》しそうに思い出話をして、かなめが朗らかに相槌《あいづち》を打ち、夏美《なみ》と安斗が退屈そうにする（ただし思い出話に全世界でも有名なマスコットキャラが出てきたときは、二人とも不思議そうな顔をしていた）。

それから来客の接待が終わった蓮がやってきた。

昔からしとやかな少女だったが、それが年相応の落ち着きと相まって、自然な安心感を人に与えるようになっていた。宗介との再会をひとしきり喜んだあと、蓮はこう言った。

「まだお時間ありますか？　主人に相良《さがら》さんたちのことを伝えたら、ぜひお会いしたいと」

「センパイが？　でも家って調布の方よね」

「娘と日比谷《ひびや》に出かけていたらしくて。車なら一〇分もかかりません。もうついてもおかしくないかも――」

「相良くん‼」

ショールームの入り口から呼びかける者がいた。ほかのお客も注目するような声だったが、構いもしないようだ。

一目で林水敦信だとわかった。

ノータイのスーツジャケット姿。背格好はほとんど昔と変わらない。眼鏡はフレームレスで、目元に小さな皺《しわ》があるくらいか。いちばん変わって見えたのは、その朗らかさだった。まったく含むところのない笑顔で、こちらめがけてまっしぐらに駆けてくる。

「会長かっ……いや、先輩」

「相良くん！　いや、元気そうだ」

林水は宗介の両肩を抱いてから、固く握手してきた。想像よりも、記憶よりも、ずっと力強かった。それだけでこの二〇年、彼がどんな生き方をしてきたのかぼんやりとわかる気がした。

「先輩も……お元気そうで」

「ん？　ああ、うれしくてね、ついはしゃいでしまったよ！　……こんなに立派になって。いや、むしろ変わらないかな。私はこの通り、すっかりおじさんだがね」

「いえ。先輩もお変わりありません」

そうは言ったが、やはり林水は変わったように見えた。前は笑顔を浮かべていても、微《み》塵《じん》も隙がない若者だった。どんなときでも、どんな相手にも、本心を見せることのない頑《かた》なさがあった。こんな風にいきなり胸襟《きょうきん》を開いて距離を詰めてくるのは、彼の知っているあの林水ではなかった。

「今日は調布の家で書き物をしていたのだが……なぜだろう、胸騒ぎがしてね。娘と出かけて、ぶらぶらと散歩していたんだ。娘が公園巡りが好きなものでね。おかげですっかり私も公園マニアだよ。……ああ、だがその娘はこのモールの植木屋が見たいと言い出したので、店に置いてきている。あとで紹介するよ……おっと！　千鳥《ちどり》くん！　これは失礼した」

かなめがわざとらしい咳払《せきばら》いをすると、林水は軽くおどけてみせた。

「いえいえ。大事な男同士の再会ですから。あたしはずっと後回しで構いませんよ？」

「はっは。君とはあまり久しぶりな気がしないな。だがいや、綺麗《きれい》になった。それに――幸せそうだ」

林水は切れ長の目をさらに細めた。

「はい。センパイはなんだか明るくなりましたね」

「ふむ？　そうかな？」

林水は蓮を見る。蓮は朗らかな笑顔を浮かべる。

「ええ。いまの方がずっと素敵ですよ」

「じゃあ、きっとそうなんだろうな。私も青春の鬱屈という奴《やつ》に囚《とら》われていたのかもしれない。まあ、今度は中年の危機が待っているわけだがな……！」

「あはは。まあ、その様子だったら大丈夫そうですね。……ああ、娘と息子です。ほらほら、立って挨拶」

それからかなめが夏美と安斗《やすと》を紹介して、軽い近況や身の上話をしていると、そこに少女が一人やってきた。

「お父様、お母様。遅くなりました」

ほっそりとしたきれいな子だった。歳《とし》は一〇くらいだろうが、背は高めだ。黒髪に白のワンピースがよく似合っている。すこしつんとすました感じもする。

「葵《あおい》。むしろ早かったね。植木屋はもういいのか」

「あのお店、意外と狭くてあまり種類がありませんでした……。こちらが例のお友達ですか？」

「紹介するよ。娘の葵だ」

「……はじめまして。葵と申します」

「こんにちは！　葵ちゃん。かなめおばさんです。写真よりずいぶん大きいわねー」

「ああ、あれは小学校の入学式の写真ですから……」

と蓮が言う。

「あ、そか。あはは。で、この怪しいのがソースケおじさん。こちらが娘の夏美、こちらが息子の安斗。仲良くしてあげてね」

「夏美です。よろしく」

「は……はい」

葵という少女は夏美の豹柄ファッションに若干引いているようだった。

「安斗も小四なの。ほら安斗、挨拶して」

「…………」

安斗はそれまで退屈そうにしていたのだが、いまは葵に視線を釘《くぎ》づけにして、ぼうっとしていた。

「安斗？」

「え？」

「葵ちゃんよ。ご挨拶」

「あ……ども」

かろうじてそれだけ言うと、安斗はうつむいてしまった。

さすがにそれ以上、ショールームで内輪の騒ぎを続けるのもまずかったので、一同は移動した。子供たちはゲームコーナーに行って適当に遊び、かなめと夏美が付き添った。蓮はけっきょく、来客の応対が続いてショールームに詰めている。

宗介《そうすけ》と林水はゲームコーナー近くのカフェに入った。高いわりにまずいコーヒーだったが、そのおかげか店は空《す》いていた。

ようやく男二人だ。

かなめが気を利《き》かせてくれたのはわかるが、すこし落ち着かない気分だった。

「君とこうして話ができるなんてな。夢でも見てるみたいだよ」

林水は言った。『夢でも見てる』とは。往年の彼ならおよそ口に出さないような言葉だった。

「いっそビールくらい飲みたいところだがね。相良くん、酒は？」

「いえ。アルコールはだめでして」

昔の負傷のせいだとは言わなかった。

「そうか。まあ私も嗜《たしな》む程度だよ。仕事が建設業界だから、付き合いくらいでは飲めた方が良くてね」

「そうですか。仕事といえば……あのお店も驚きました。美樹原《みきはら》……奥さんの会社とは聞いてますが、業績も好調だそうで」

「軌道には乗ったが、薄氷を踏みながら、どうにかこうにか……という感じでね。高校の生徒会とはわけが違ったよ。はっは」

その笑い声にはある種のほろ苦さが入り混じっていた。生徒会とはわけが違う……もちろんその通りだろうが、一つの会社をここまで育てるのが並大抵の手腕でないことは宗介にも想像できた（かなめがいくつも会社を持っているのは、まあ乱暴にいえばチートみたいなものだ）。

「ですが見事な手腕です。きっと将来、立派な指導者になるだろうとは思ってましたが……」

「いや。相良くん、それは違うよ。指導者なんてなる気はなかった。本当だ」

ほんの一瞬、林水の顔から笑みが消え失《う》せた。

「生徒会長なんてやっていたせいか、誤解されがちなんだが。高校の時には実はもう進路を決めていて、大学もそちらに進んだ」

「そういえば聞いていませんでした。どちらに？」

「言語学だよ。希少言語というか……そういうものに昔から興味があってね。こう……日本の南方諸島からフィリピン周辺まで分布している諸言語のね。比較がやりたくて……。大雑把にいえば、だが。あのあたりはいわゆる絶滅危惧言語が多いんだ」

「あー……知りませんでした」

「まあ、あまり盛んな学問ではないからね」

「いえ、その。先輩がそういった……学問に興味を持っていたことがです」

「そういえば高校の時は誰にも言わなかったな。学者になりたかったんだ。経営者や政治家など眼中になかった」

「そうでしたか……」

「意外かな？」

「いえ。むしろ腑《ふ》に落ちたくらいです」

そういえば最後に話したあの日、生徒会の選挙が終わった時にそんな会話を聞いたような覚えがぼんやりとある。あれは——先生とだったか？　林水《はやしみず》の会長としての手腕を褒めた先生が『将来は名政治家か』だのと冗談めかして言ったのだ。彼は笑って否定して、考えていた進路をほのめかしていた……ような気がする。記憶が曖昧で、すこし自信がなかったが。

「京都に四年、他にも何年か、あちこち学んで修士まではとった。楽しかったよ。妻と結婚したのもその頃だな。東京に戻る度に会っていたんだが……一途《いちず》な女性でね。貧乏研究者まっしぐらだった私を何年も待ち続けてくれた」

「千鳥の話だと、高校の頃から彼女は先輩を慕っていたそうですよ」

ついかなめの旧姓が出てしまう。

「そうか。まあ、そうだろうな。もったいないことだよ」

林水は言うと、コーヒーをすすってすこし考えた。

「普通の結婚なら何の問題もなかったんだが。彼女の家の稼業は知っているだろう？　任《にん》侠《きょう》団体だが美樹原組は指定暴力団ではないし、いろいろとしきたりの残っている旧家みたいなものでね。婿養子になっても別に良かったんだが……義父がそれには及ばない、と言ってきかなかった」

「あの組長ですか……」

蓮《れん》の父親を思い出す。当時から病床に伏せることの多い人物だったし、あれから二〇年たっている。おそらくは――

「いや、健在だよ。孫ができたら嘘《うそ》みたいに元気になった」

「あ。そうですか。何よりです」

宗介は間の抜けた声をあげてしまった。

「美樹原家の建設業も畳もうか、という話になった。……なったのだが、会社は方々に借金だらけだったし、土地や家を全部売り払うことになってしまう。会計を見て唖然《あぜん》としたね。それで柴田《しばた》氏たちに請《こ》われて、私が面倒を見ることになった。あくまで社長は妻で、私は実務の勘所だけ、という話だったのだが」

「それでは済まなかった、と」

「気がついたらね。会社を生き延びさせるには、規模を拡大しつつ効率化を進めるしかなかった。あれこれ必死にやっているうちに、博論（博士論文）も途中でほったらかしだ。地元の同業者からは『美樹原組の八代目』などと呼ばれる始末でね。まったく恥ずかしい話だよ」

林水は自嘲気味のため息をついた。

「……あ、いや。妻や社員たちにはいまの話は内密に頼むよ。気を遣わせたくないのでね。つい、君の顔を見たら愚痴を聞いてほしくなった。なぜかな」

「むしろ部外者だからでしょう。なんとなくわかります」

「ん。そうかもしれないな。とても気楽な気分だ」

宗介と林水は静かに笑った。こんな風に笑いあえる日が来るとは思いもしなかったが、ひょっとしたら林水はこれを予想していたのかもしれない。高校にいられなくなるとしても『人生は続く』と言っていた彼の慧眼《けいがん》に、宗介は思いを馳《は》せた。まったく、一八かそこらだったというのに。林水に敬意を感じていたのは、単に生徒会長だったからではない。もっと違うなにかだ。

「君はどうなんだ？　奥さんの愚痴なら聞くよ」

二人はまた笑った。

「妻には何も……。俺にはもったいない女性です。あとは健康でいてくれれば。本当にそれだけです」

林水は勘もいい。その一言だけでなにかを察したようだった。

「健康、というと？　聞いてもいいかな」

「あ……。いえ。もう治ったんです。何年か前に……その、白血病の一種で」

長い沈黙。

「たしか……彼女の母上が亡《な》くなっていたね。同じ病気なのか」

「そうらしいです。遺伝性ではないはずなんですが……。よくわかりません。ただ、いまはいい薬があるそうで……もう治ったというか……寛解というんですか？　とにかく心配は要らないそうです」

去年まで家族がばらばらになっていたのも、それが主な理由だった。薬物療法は北米の限られた病院でしかできず、四年近く、かなめは護衛付きで入退院を繰り返した。その間、宗介は夏美《なみ》を連れてあちこちを渡り歩いた。安斗《やすと》はまだ幼かったので、余裕がある時はかなめと暮らし、それ以外の時は旧《ふる》い戦友の家族に預かってもらっていた。四人が揃《そろ》うのは年に数回くらいしかなかった。

「そうか。寛解したなら良かったが、初耳だったよ。蓮も知らないだろう」

「ええ。たぶん東京の旧友には誰にも知らせていないと思います。心配させたくないですから」

「大変だったろう」

「いえ、自分は……。苦労の類は、いまに始まったことではないので。子供たちは辛《つら》かったでしょうが」

林水は身を乗り出して、宗介の肩を軽く叩《たた》いた。馴《な》れ馴《な》れしくはない、ごく短い仕草だったが、この数年をねぎらわれたような気がした。

「ありがとうございます……」

「義父のことがあるからすこしはわかる。家族の病気はしんどいよ。見えない疲労もそうだが、無力感がね。じわじわと骨身に染《し》みて来る」

その通りだった。

宗介はそれまで、何があっても彼女を守り抜くつもりでいた。その力が自分にはあると信じていた。

だが病気の前では、彼はまったく無力だった。

銃も爆弾も、機動兵器も——病にはなんの役にも立たない。医者の言いなりになって祈ることしかできないのだ。少なくとも自分の運命を自分で切り開いてきた彼にとって、これは大きな敗北だった。

自分は能無しだ。

彼女が夏美をみごもったころから、その思いはあった。身重なかなめに彼ができることなど多くはなかった。出産のときも難産だった。かなめが一晩中苦しんで、ようやく娘が産まれたときは、感動よりも安堵《あんど》の方が強かったくらいだ。そのときも彼はなにもできなかった（手をとって励ましたりはしたが、邪魔だから出ていけと言われた。そのことを彼女はまったく覚えていないが）。

出産の件はまだ笑い話にできるが（？）、とにかく、彼女が生きる上で出会っていく困難を、自分はまるで和らげてやれない。ことあるたびにそれを思い知らされてきた。

ファミレスでのバイトも、直接の関係はないが、そうした気分の延長上にある。

「先輩も感じることがあるんですか？　その……」

「無力感かね？　そうだな。人が真面目にやっていれば、多かれ少なかれ、どうにもならないことには直面するものだろう。さっきも言ったが、私も経営者の自分に満足しているかといったら……」

林水は肩をすくめた。

「とんでもない。妻や義父や多くの社員を救ったのはまあ上等だが。本当にやりたかったことはまったく止まったままだ。実はきょう博論の続きをやっていたんだ。後輩にせっつかれてね。一〇年間ほったらかしだった論文だよ。ところが二時間悩んで三行くらいしか書けなかった。それに完成したとしても、研究が続けられるかはわからないし、非常勤でも働き口があるかどうかは……まあやってみないとわからんが」

「まだなれるんですか？　研究者に」

「だから、わからんよ。三行しか書けなかったんだから。これが私の最近の無力感だな。はっは……」

寂しい笑い声だったが、宗介《そうすけ》はその様子に不思議なはげましを受けた気がした。

林水敦信《あつのぶ》は徹頭徹尾、林水敦信だ。

なんの迷いもなく経営者として大成功していたり、研究者の道に邁進《まいしん》したりしていたら、

こんな諧謔《かいぎゃく》、ある種のユーモアは出てこなかったのではないか。いまの宗介と、こんな風には話せなかったのではないか。人生のうまくいっていない部分さえもが、いかにも彼らしい。そしていまでも宗介の『先輩』であり続けている。

「また会えてよかったです。本当に」

「私もだよ」

○　○　○

その日は蓮の予定もあったので、ほどなくお開きになったが、近いうちに食事でもしようという話になった。林水夫妻の娘——葵《あおい》と安斗は、ほんの一時間ほど遊んだだけだったのに妙に親しくなっていた。葵の方がお姉さん顔で、安斗をリードするような格好だったという。

例のショールームの前で別れると、夕方のモールを宗介たち四人は歩いていった。

「安斗〜。葵ちゃん、いい子じゃない。アカウント教えてもらった？　お母さん、応援しちゃうわよ」

「よせって。そんなんじゃねえよ」

おばさん節全開のかなめに、安斗はぶっきらぼうな態度をとった。耳まで赤くなっているのは指摘しないでおいた。

「でもこっそり教えてもらってたわよ。姉はこの目で見た」

「姉ちゃん！」

「連絡をとるのはいいが、ちゃんとアルに報告しておけよ。じゃないと葵さんの情報を丸々調べられるぞ」

「あ……そうだった。もう遅いかな」

安斗はミニタブレットを取り出して、あわててメッセを打ち出した。

基本、ネット周りのセキュリティはかなめの部下が見ている。だがそれとは別に、宗介のかつての『戦友』もネットに張りついて、特に夏美と安斗の安全に目を配っている。『戦友』の本体がどこにあるのかは、安斗は知らないはずだが。

エスカレーターに乗ったあたりでかなめがたずねてきた。

「どう、林水《はやしみず》センパイと話は弾んだ？」

「ああ」

すこしだけ迷ってから、宗介は言った。

「君の病気のことを話した」

「……そう」

「先輩にならいいだろう?」

「うん」

かなめは下りエスカレーターの前に乗っていた。一度宗介に振り向き、彼の腰のあたりにきゅっとハグをした。エスカレーターが二階につきそうだったので、すぐに彼女は離れた。

「話してわかった。先輩は……大したものだ」

「なにそれ」

かなめが笑った。

「いや。……なぜかそう思ったんだ。地に足がついているというか……俺はあんな風にはなれないだろうが……」

「それは憧れね。あなたにとって、平和の象徴みたいな人だから」

「ああ……そうか。そうかもしれないな。だからか」

「昔からね。大した人よ」

自分の中のまとまらない考えを、さらっと妻はまとめてくれる。まったくかなわないな、と宗介は思った。

「なんだか今日は疲れたわね。ウニクロはまた今度にして帰ろっか」

「本屋……」

夏美が未練がましく言う。

「じゃあ夏美は残って本屋さんね。あたしはスーパー寄るわ。卵と牛乳買わなきゃ。あと玉ねぎ、ほかに足りないものは……」

四人は二階のホールに来ていた。そこで宗介はホールの反対側、トイレに続く通路のベンチに、あの強盗もどきの男が座っていることに気づいた。

バッグに手を入れ、何かを取り出そうとして、迷ってしまい、それを繰り返している。あれは——包丁か？　そういえば、先刻は台所用品店に入っていた。包丁を盗んだのか買ったのかはわからないが、グロックのエアガンよりはまともな武器とも言える。

まさか、ここで強盗をする気だろうか？　そばにある時計屋あたりか。まあ明け方のファミレスよりはずいぶんと金になるだろう。どうも見た目より深刻なようだった。ひょっとしたら薬物の禁断症状かもしれない。

「お父さん、どうしたの？」

夏美がたずねる。

「いや……」

放っておこう。先ほども考えたが、自分には関係のないことだ。自分はもちろん正義の味方ではない。けちな強盗に関わって、本当の敵を呼び込むことの方が厄介だ。

だが。

林水と会って話してから、宗介の中で小さな変化が起きていた。本当に些細《ささい》なことなのだが、自分の立ち位置が前よりよく見える気がしていた。

どうも、やはり、自分は荒事《あらごと》の方が向いているようだ。

学者になりたい男に経営者の才覚があるように。自分もウェイターなどではなく、配られた手札でやっていくしかない。当たり前の話だが。

だからと言って、あの強盗犯をどうこうするいわれはない。ないのだが――

「包丁は危ないしな……」

それにあの男を一度、見逃したのも自分だ。いくばくかの責任はある。

ホールの片隅には変装したテディと護衛班がいたが、彼らに捕まえるのを頼むのも筋違いだ。それはテディたちの仕事ではない。

「みんな。すまない。もしかしたら、また引っ越すことになるかもしれないが……」

宗介は事情を手短に話した。家族ははじめは呆気《あっけ》に取《と》られていたが、すぐに納得してくれた。

「その……強盗？　説得はできないの？」

かなめが言う。

「いちおう説得はするつもりだが……ああ、駄目そうだな。時計屋に歩き出した。包丁握って。目が据わってるし……」

「放っておけないわ。行って」

と、夏美《なみ》が言う。

「やっつけちゃいなよ」

と、安斗《やすと》が言う。

かなめはため息をついたが、何度かうなずいて言った。

「うーん、まあ……しょうがないでしょ」

「ありがとう。では行ってくる」

早足で宗介は男の後を追い、高級時計屋に入っていった。

抜き身の包丁を手にした男が『金を出せ』と叫んでいた。店員たちが固まっている。宗介はその背後から無造作に近寄り、魔法のように包丁を奪って、男を床に押し付けた。

「家に帰って寝ろと言ったはずだ」

男は悲鳴をあげた。

あまりの早業だったので、宗介の方を強盗だと勘違いする客まで出る始末だった。

○　○　○

襲撃チームは『ドーファン《いるか》』と、八名プラス四名の一二名で編成された。

四名はマンション最上階の玄関から突入する重装備のチーム。四名は屋上からラペリング降下し、窓を破って突入する軽装のチーム。残り四名はすぐ後方の予備人員。

突入後に目標『K』を奪取し、一階まで移動、マンション前に待機している車両に運び込む。『K』は薬物で眠らせ、貨物に隠し、羽田に待機しているビジネスジェットに乗せる。それで任務完了となるはずだった。

一度任務に失敗しているドーファンには、もう後がなかった。

雇い主があの女――『K』をなぜ欲しがっているのかは知らない。興味もない。ドーファンが依頼に乗ったのは、むしろあのサガラ・ソウスケに挑戦できるからだった。数々のテロリストや殺し屋と対決し、それを打ち破ってきた伝説の傭兵《ようへい》。何十人という敵をたった一人で倒したこともあると聞く。そのサガラ・ソウスケを倒すことができれば、自分のキャリアは確固たるものになる。

問題は時間と情報が足りないことだった。

その高層マンションの最上階の見取り図は入手できていたが、内部の写真までは無理だった。せめてあと二、三日あれば、屋内の情報をもうすこし入手できただろうし、上下水道や電気配線に細工をすることもできただろう。しかしそんな時間はなかった。サガラ・ソウスケと『K』は数日中に、また家族もろとも姿を消してしまうだろう。

そもそも今回の所在が明らかになったのも、運が良かったのだ。

『カザマ・ソウスケ』なる人物がショッピングモールで強盗犯を捕らえたのはニュースにはならなかった。だが複数の動画が警察内のサーバーに保存されていたのだ。そのサーバーは発展途上国の汚職警察並みにセキュリティが緩く、すぐに雇い主の監視AIシステムに発見された。カザマ・ソウスケの住所はすぐに調べがついた。警察からの感謝状までPDFであったくらいだ（日本の警察は感謝状を乱発することでよく知られている。予算不足のせいらしい）。

明け方。海に面した東の空が白みかけていた。高感度マイクでとらえた音声によれば、サガラ一家は寝静まっている。

ドーファンは各チームに突入準備を命じた。彼女自身は重装のAチームに随伴して、全体の指揮を取る。

Aチーム、準備よし。Bチーム、準備よし。予備チーム、準備よし。

「全チーム突入。GO！　GO！　GO！」

まず重装チームが動いた。玄関のドアを成型炸薬《さくやく》で三つに切断し、同時に二名の突入要員が室内に踏み込む。爆弾処理班が使っている耐爆服に、防弾のセラミックプレートを組み合わせたボディアーマーだ。普通のライフル弾などは完全にストップする。

抵抗はなかった。まず玄関エリアを制圧。

続いてBチームが窓を破って室内に飛び込む。カーテンに引っかかって少しまごつく者もいたようだが、こちらの四名も突入に成功。

AチームとBチームはカービン銃を右へ左へと振りながら、素早く各部屋を巡っていった。まったく、広いマンションだ。

　抵抗はない。敵影もない。子供もいない。それどころか、そのマンションには家具もほとんどなかった。粗末なパイプ机の上にワイヤレスのスピーカーが置いてあり、かすかな寝息が流れているだけだった。

「おかしい。どうなって——」

ドーファンはそこでようやく気づいた。各部屋の天井——普通なら照明器具があるはずの箇所に、大きなポリタンクが取り付けられていた。二個や三個ではない。全部の部屋、全部の天井にだ。

「まずい。脱出しろ、今すぐ——」

天井のポリタンクが炸裂《さくれつ》した。

爆薬は少量だったが、ポリタンクの中の瞬間硬化液が泡状になって室内にぶちまけられた。脱出も何もあったものではない。突入チームは大量の泡を浴びて、滑ったり転んだりして、数秒後にはかちこちに固まってしまった。これでは重装のボディアーマーなどなんの役にも立たない。

ドーファンも転びかけの妙な姿勢で、左手を通信機に伸ばしたまま固まった。泡はウレタン状に固まり顔面にも付着していたため、ほとんど呼吸ができない。鼻のあたりにかろうじてできた隙間から息をするのがやっとだ。軽装チームの一人などは、床に泡ごと突っ伏した格好で固まってしまったので、このままでは窒息死してしまうだろう。

「外の四人も制圧した。これで全員か」

背後から声がした。サガラ・ソウスケの声なのは間違いなかったが、ドーファンは振り返ることさえできなかった。

「喋《しゃべ》れないか。待ってろ」

サガラが瓶から何かの薬品を布に染《し》み込ませてドーファンの顔を拭う。硬化した泡がぐずぐずに崩れた。ひどい有機溶剤かなにかの臭いがしたが、やっとまともに息ができるようになって、彼女は金魚かなにかのように口をぱくぱくとさせた。

「体を拘束するのには便利なんですがね。これ、下手したら窒息しますよ、やっぱり」

サガラと一緒に現れた男が言った。サガラの部下か何かだ。ほかの襲撃チーム要員の顔からもウレタンを取り払って助けている。銃を取り上げるのも忘れない。

「またお前か。ええと……？　バルダーヌ《ゴボウ》だったか」

ドーファンの顔とスマホの情報を交互に見比べて、サガラが言った。

前にオオミヤでの作戦に失敗して捕らえられた時に、身元をきっちり調べ上げられていた。本名も経歴も何もかもだ。さらに自白剤も使われたせいで、いろいろと要らない恥ずかしいことまで喋ってしまった。

「前に解放した時、警告はしたな。覚えているか」

二度と姿を見せるな。さもなければ、次はヤン＆ハンター社の裏サイト『今月の負け犬情報』に、本名その他と捕まった時の写真を載せるぞ、と。これをやられると、傭兵（とりわけ高額のエージェント）としてのキャリアはほとんど終わりになる。

「……殺せ」

「二度目だ。載せるからな。バルダーヌ。元カレと別れた経緯や自白剤でラリった時の変な顔の動画も」

「殺せ！　殺してください！」

「だめだ。殺しは子供の教育に悪い。絶対に殺さん。ただし社会的には殺す」

「鬼！」

「後は任せたぞ、ラストベルト」

「はーい」

その場の後始末を部下に任せて、サガラはドーファンの前から立ち去った。

○　　○　　○

成型炸薬で吹き飛ばされた玄関を通り抜け、非常階段を一階下に下りて、宗介《そうすけ》は我が家に帰った。やはり二階分の部屋を確保しておくと、こういう時に便利だ。

さすがに一階下でも騒音は聞こえたらしく、かなめと夏美は起きていた。安斗は気持ちよさげに眠っていたが。案外、大物かもしれない。

「すんだ？」

リビングのやたら大きなソファであくびをしながら、かなめが言った。

「全員捕らえた。またヘリオテックだった」

「あー。あの会社、ライバル会社からいろいろ仕掛けられてていまヤバいのよね。それで血迷ったのかも」

ヘリオテックはテック系の大企業だ。北米と欧州を拠点にしている。

「どちらにしても、そろそろ報復はした方がいい。ヘリオテックの幹部の車をもれなく一台ずつ破壊するとか」

そういう連中はいい車を持っている。五〇万ドルなどざらだ。見せしめに破壊してやると、けっこうしばらくおとなしくなる。

かなめも宗介もやられっぱなしではない。部下もいる。武力も、資金もある。味方の組織もコネクションもある。ただ逃げ回っているだけの高校生だったのは過去のことだ。

「車ねえ……車に罪はないから、ためらっちゃうわ」

「だが効くぞ。意外なくらいに」

「まあ……考えときましょ。でもいまは引っ越しのことよ。次はどこにする？」

隣でうとうとしていた夏美《なみ》にたずねる。

「どこでもいい……。お母さんが一緒なら……」

そう言って夏美は、かなめに抱きつき、上体をもたせかけた。もう母親と背丈も同じくらいだが、甘えた仕草もまだまだ多い。かなめは夏美の頭をやさしく撫《な》でてやった。

「ありがと。あたしのなーちゃん。うふふ……」

幼いころの夏美の一人称を口にする。

「眠そうなところをすまないが、もう行くぞ。引っ越しセットBを持って五分後に玄関だ」

宗介は二人に告げると、寝ている安斗《やすと》を起こしに向かった。ヤン&ハンターの使っているセーフハウスの一つが神田にある。まずはそこに移動するつもりだった。このタワマンともお別れだ。

安斗はたいそう眠そうで、けっきょく宗介がおんぶしてやらないと駄目だった。

『引っ越しセットB』は必要最低限の荷物にプラスアルファくらいのものを、リュックに詰め込んだものだ。ほかの身の回り品は、可能なら後でテディたちが回収する。

四人は地下駐車場から、防弾仕様のSUVに乗ってタワマンを離れた。

その直後に、安斗が目を覚まして言う。

「おしっこ」

「我慢しろ」

「できない……」

「仕方ないな」

いちばん近いコンビニの前で車を止める。あの強盗男が宗介のファミレスの後に襲った店だ。安斗とトイレを借りにいっている間、念のために夏美に散弾銃を渡しておく。大丈夫だとは思うのだが、店内からは車が見えなくなるのがどうしても心配だった。

『どうしても心配』『あくまで念のため』という動機で夏美に銃を持たせることが多くなっている。事情はわかっているから、かなめも強く反対はしない。宗介もよくないとは思っているのだが……。

たったの一か月ちょっとで、もう二件も住処《すみか》を追われているのも憂鬱だった。林水一家《はやしみず》と連絡が取れなくなるわけではなかったが、しばらくは控える方がいいだろう。

安斗がトイレを済まして出てきた。

「行くぞ、急げ」

そう言ってコンビニを出ていこうとしたとき、宗介は店のある売り物に気づいた。

「ちょっと待て、これは……」
●ロリーメイトのフルーツ味だ。
生産中止になったと聞いていたのに。思わず立ち止まって手に取る。賞味期限から察するに、間違いない。再発売されたのだ！

再発売！

「父さん、急ぐんじゃなかったの？」

「急ぐが、これは買う」

宗介は箱買いしたい衝動を抑えて、フルーツ味を二個だけレジに持っていった。

会計を済ませて、安斗を連れて早足で車に戻る。助手席で待っていたかなめが怪訝《けげん》な顔をした。

「どうしたの？　にやけて」

「人生は意外なことの連続だな」

「なにそれ？」

「素晴らしいことも、たまには起きる」

フルーツ味を一口かじって、宗介は車を発進させた。

第三話　神奈川県鎌倉市の海辺の邸宅

一七年前――

千鳥《ちどり》かなめは無敵だった。

というか二〇代前半の女子はみんな無敵だ。なにしろ二日ぐらい徹夜しても大丈夫な体力がある時点で無敵だ。

頭脳も人生で最もハイスペックな時期だったかもしれない。そして恐れも知らない。加えて彼女は、逃亡生活をしながら同時に起業もして、不自由なく生活をできるくらいの資産をすでに確保していた。

しかも、しかも、しかも――かなめには大恋愛の末に結ばれた恋人がいる。その恋人はたぶん世界で最強クラスの傭兵《ようへい》で、三～四カ国語が喋れて、超・真面目で、浮気《うわき》なんてまず心配要らなくて、常に彼女を第一に考えてくれる。結婚はまだだったが、もうほとんど夫婦みたいな状態だった。

これを無敵といわずになんというのか？

そのころはシリコンバレーに住んでいた。自分を狙っている企業のすぐ裏のアパートに住んで、その幹部がかなめの行方がわからないだのと会話してるのを、彼と盗聴しながらパスタを食べて、ワインを飲んで（彼は飲まなかったけど）、いちゃつくくらい元気だった。

だがそんなある日、彼女はいきなり無敵ではなくなってしまった。

あの瞬間――月のものが遅かったので、念のために買っておいた妊娠検査キットを試して、陽性なのを見た瞬間からだ。あの瞬間、本当に突然、すべての優先順位が切り替わってしまった。

陽性。思うことが多すぎて頭の中が真っ白だった。

いいことなんだけど、まずいことのようにも思えた。喜んでる自分と、深刻な自分がいて、両者がないまぜになってごちゃごちゃだった。

いちおう気をつけてはいたのだが、まあ、でも、『いちおう』程度だったそしりは免《まぬが》れない。ノリでまあ、その、まあ。あー、やっぱあのときかー。ちゃんとしなかったのはまあ、申し訳ございませんという感じなんだけど……でも若い二人なんだよ、そういうときもあるだろ！　……なんてノリも、確かにあった。それに彼との子供が欲しくないかといったら……正直めっちゃ欲しかったし。もう毎回、きゅんきゅんと体が欲しがってた。彼も同じだったし。ただ時期がまだ早すぎるとは思っていたわけで。

それより、これからどうしよう？

会社も組織もまだ小さいし、セーフハウスも少ないし、さすがにこんな敵だらけの場所で身重にはなれないし。引っ越しを考えないと。それに生まれたらどの国で育てる？　日本の方がいいけど、安全が確保できるかまだわからない。予防接種とか国によって違いそう。どうなんだろう？　あとベビーベッドとかオムツとか？　いろいろ必要になるんでしょ？　ぜんぜん知らない。そういう店があるのかしら。

ふらふらとトイレから出ていって産婦人科に電話しようとしたときに、彼がなんと言っていたのかも覚えていない。

ただ彼も、喜んでいいのかどうかわからない、ものすごく複雑で微妙な表情をしていたことだけは覚えている（あとでそのときの心境を彼が言うには『前から注文していた兵器がやっと届いたので試射してみたら、ものすごい威力で高性能すぎて、むしろ困惑している感じ』ということだった。ぜんぜんわからない）。

とにかくその瞬間から――もう大変だった。

一日一日、一年一年があっという間に過ぎていった。

最初、超音波エコーの画像（……人間？）だった子供は、やがてお腹《なか》を蹴りまくるくらい大きくなって（子宮内暴力！）、お腹から出てきて（割と難産で大変だったらしい）、ミルクを求めて号泣し（ミルク以外でも号泣し）、ベビーベッドから転落しかけ（一度は実際転落した）、ぬいぐるみを買ってほしいと泣きわめき（同じぬいぐるみが家に三体あるのに！）、絵本を読んでと懇願し（疲れて眠いのに読まないと寝ない）、ようやく手がかからなくなってきた（めちゃくちゃかわいい本好きの女の子になってきた）。

だがそこで、二人目！

一人目のときほど取り乱しはしなかったし、今度は『ふっ、これも計画のうちよ（ラスボスっぽく）』と、うそぶくくらいの余裕はあった。

だが、だからといって二人目がお腹の中で暴れるのを手加減してくれるわけもなく（本当に足の形が外からわかるくらいの子宮内暴力！）、出産は割とスムーズだったが（楽だったわけではない）、ミルクを求めて大号泣し（二人目の方がひどかった）、あらゆる場所から転落しかけて（一瞬でも目を離せなかった）、ぬいぐるみが欲しいと泣きわめき（家に同じのが四体あるのに！）、幼児向けアプリを載せたスマホを手放せなくなり（そのうちタブレットになった）、ようやくこちらも手がかからなくなってきた（むちゃくちゃかわいいゲーム好きの男の子になってきた）。

そこで、次は病気だ。

これは楽しいことなどぜんぜんなかったので細かい話はさておくが、まあどうにかこうにか死なずにすんだ。医学の進歩バンザイだ。

そうして気がついたら、一七年が経《た》っていた。

あの瞬間――妊娠検査キットの陽性反応を見てため息をついた瞬間から、一瞬で彼女はアラフォーのおばさんになってしまった。

……ように感じることが、最近ある。

夫は『綺麗《きれい》で若々しい』と言ってくれるが、やっぱり手の甲を見ると、歳《とし》を感じる。アラサーの時は日々に忙殺されていて、こんな風に考えるゆとりすら――

「かなめさん？」

今年に入って一家四人の生活を再開して、急に自分の歳を考えるようになって――

「カナメ？」

そろそろ人生の次のステージってやつを考えた方がいいのかもしれない――

「カナちゃん？」

ようやくかなめは我にかえった。

ここは東京都内の高級ホテルだ。

「あ、ごめん……」

三フロア分の吹き抜けがある広大なラウンジの、その一隅に彼女は座っていた。

気軽なアフタヌーンティーだ。ふかふかのソファと大理石のテーブル。銀色のティースタンドにはスコーン、カナッペ、そして小ぶりで愛らしいスウィーツたちが並ぶ。手元のティーカップからはダージリンの香りがほのかに漂っている。

彼女とテーブルを囲むのは、林水蓮《れん》と稲葉瑞樹《いなばみずき》と小野寺恭子《おのでらきょうこ》の三人だ。

高校時代の友達四人でそろって女子会という趣向だった。

蓮とは先日、偶然都内のショッピングモールで再会したばかりだ。瑞樹とは時たま、なんだかんだで会っている。恭子とは前からチャットではよく話していたが、顔を合わせたのは久しぶりだった。

「どしたのよ、あんた。ボーッとして」

瑞樹が言った。

「いやー、なんか。みんなの顔見てたら、感慨深くて。二〇年の回想モードに入ってた」

「なにそれ。変なカナちゃん」

と、恭子が笑う。

「いやでも。この面子《めんつ》で会うのはほんと久しぶりだから。しかもなんか、こんな立派なホテルのラウンジで。ウソみたい」

「ただのアフタヌーンティーでしょ。こんなの今どき、どこでもやってるじゃない」

と、瑞樹が言う。

「まあ、いつでも気楽に来れるほどの値段じゃないけどね……あはは」

と、恭子が苦笑気味に言った。

かなめと蓮は社長業、瑞樹は独身のバリキャリで、一人八〇〇〇円のお茶会の出費もまあ、懐《ふところ》は痛まない。一方で恭子だけがごく普通の主婦だった。恭子は子供が三人いて、いちばん下の子はまだ四歳だ。

すこし、微妙な空気が流れた。

「あ、ごめん、ごめん。せっかくなんだから、たまには奮発しなくちゃね。前からここ来たかったし」

恭子が大げさに両手をふる。SNSのグループチャットでこのホテルを提案してきたのは彼女からだった。

「うん。あたしもこういうとこ初めて。いいなあ……」

かなめはつぶやいた。

正面の大窓には池泉庭園がひろがっている。和風だがモダンなテイストが入っていて、水の波紋がラウンジに複雑な陰影を投げかけていた。

「かなめさん、あまり来ないんですか？　こういう場所は」

蓮が言う。

「うん。仕事は人に会うのは部下任せだし。だって子供いるとさ。やっぱりそんなヒマないじゃない」

「まあ、確かに私用では来ないですね……」

「この面子だから楽しいけど、こんな風に化粧して着飾って、電車乗ってる時間あったら、家でポテチ食べてボケーっとしたいよねー」

「わかるー！」

恭子がケタケタと笑った。蓮も控えめに笑って、こくこくとうなずく。ただ一人、独身で子供もいない瑞樹はそれほど笑わなかった。

またすこし、微妙な空気が流れた。

「……みんな大変よねえ。あたしだけ楽させてもらって、申し訳ないわ。きのうだって会社の若い子とバーで飲んだくれてたし」

自慢気味に瑞樹が言う。彼女なりにむしろ気をつかってくれているのだろう。

「それって男の子？」

恭子が目を輝かせる。

「そーよ。一〇コ下のすっごいイケメン。仕事がうまくいかなくて、相談乗ってあげてた」

「おお……！　瑞樹先生！」

「でも最近はそういうのもセクハラになるんじゃないのお？」

かなめが意地悪く言うと、瑞樹はむっとして見せた。

「あっちが誘ったんだから、これはＯＫでしょ」

「それでその……飲んだだけですか？」

蓮もすこし悪ノリして聞いてきた。昔の彼女なら無かったことなので、かなめたちは瞬間──ちょっとだけ──固まった。

「……うん。って当たり前でしょ。めそめそしてる酔っ払いを慰めて。タクシーで送ってあげて。それでおしまい」

「ほほう。ミズキはその辺の線引きはしっかりしてるわけだ」

「大人……！」

かなめと恭子が冷やかす。

「そりゃ大人よ。っていうか、アラフォーだし。さすがに間違いなんか、そもそもないっての」

「ですが稲葉さんは、素敵です。わたしがその後輩さんだったら、きっと放っておきません」

「はは、ありがと。まあ会社の後輩はさておいて、どっかにいい男いないかしらねえ。いまフリーでさ」

「すみません。そういう伝手《つて》は、わたしには……」

「うん。お蓮さんには期待してない。ははは」

「あたしも、娘の保育園の先生くらいしか……」

「キョーコにも期待してない。あと保育士は前に付き合った。だめだった。ははは」

軽口を叩《たた》く瑞樹の横顔を、かなめはまたしても感慨深げに眺めた。

瑞樹は独身だが、この面子の中で恋愛経験はいちばん豊富だった。二〇代から三〇代まで、まあ、あれこれ、それなりに色々な男性と付き合ったそうだ。

というか、かなめを含めた三人の方が変わってるくらいだ。高校時代に出会った相手とそのままゴールインなんて、珍しいというほどではないが、やはり少数派だろう。それが三人集まっているのだから、瑞樹としては疎外感を覚えるところだが、こうして自らいじられ役に徹してくれている。

前だったらかなめがやっていたような役どころを、瑞樹がしている。それにかなめは気づいて、歳月のあれこれや、人間的成長やらをしみじみ感じたりしていた。

それからしばらく瑞樹の男性遍歴の話になって、四人はおおいに盛り上がった。しばらく空手同好会の椿一成《つばきいっせい》とも付き合っていたが、遠距離恋愛になって程なく消滅したそうだ。椿は海上保安庁に入ってばりばり勤務し、いまはどこかの隊長らしい。

まあ、かなめは瑞樹とは割とよく会っていたので、そのあたりの経緯も聞いてはいたが。

それからそれぞれの家族の話。恭子は上の子が高校受験を控えていて大変だそうだ。陣代《じんだい》高校も志望に入っているらしい。他にも真ん中の男の子が最近色気付いてきたとか、下の子がハマってる児童向けアニメの話だとか。

かなめにとってはそういう恭子の話の一つ一つが楽しかった。むしろ恭子は『こんな話、退屈じゃない?』と困惑気味なくらいだったが、かなめが『ぜんぜん。もっと聞かせて』とせがむほどだった。

あっという間に二時間が過ぎて、そのラウンジでのお茶会はお開きになった。席で会計をすませて、ホテルのエントランスまで来てから、かなめは言った。

「あー、楽しかった! ってか、もっと話したいんだけど。テキトーな喫茶店か、いっそカラオケとか」

すると恭子が苦笑いした。

「そうしたいんだけど……下の子の保育園のお迎えがもうすぐで。とほほ」

「えー、そんなの旦那にやらせなよーって、そうも行かないのか」

「うん。学年主任になってから忙しくて……。上の子は塾だし」

恭子の夫――孝太郎《こうたろう》は教師をやっている。なにかと責任の増えてくる年代でもあるので、なかなか家事を肩代わりしたくてもできないようだ。

「わたしも会社の方で諸用が……」

と、蓮も心底残念そうに言う。

「そっか……仕方ないよね」

「って、カナちゃんちは大丈夫なの？　相良《さがら》くんが留守番？」

「うん。まあ」

「相良くんにもよろしくね。今度は……」

恭子はすこしだけ言い淀《いよど》んだ。

「今度は、カナちゃんの話も聞きたいな」

「え、あ。う、うん」

自分の話をほとんどしていないことに、ようやくかなめは気づいた。

「それじゃね。また」

最寄り駅へのシャトルバスに恭子と蓮は乗っていった。別に今生《こんじょう》の別れというわけでもない。手を振っておしまい。ショートメールで『悲しみに打ちひしがれる白ボン太くん』のスタンプくらいは送っておく。

「さて」

その場に残った瑞樹が言った。

「ちょっと早いけど。どっか飲みに行く？」

○　○　○

二人は新宿の西、初台にある焼き鳥屋に移動した。

紅茶をたらふく飲んだせいであまりお腹《なか》は空いていなかったが、こういう気安い店でダラダラとしたい気分だった。まだ一六時くらいなので、店内は空《す》いている。そこの奥の席に女二人でダラーっと座って、生ビールをぐいっとやった。

「あー、最高……」

「うん。これよね、これ」

そう言って二人でゲラゲラ笑う。パンツスタイルなのでガバーっと大股びらきだ。

いつからだろうか。

恭子《きょうこ》よりも、瑞樹《みずき》に会うことの方が多くなったのは。

日本にほとんどいない時期もあったが、なんだかんだで年に数度は帰国していた。恭子と連絡は取り合っていたが、どうにも予定が合わなくて、ちょっとしか会えなかったり、会ったとしてもほんの一、二時間くらいだったり——そういうことが続いていた。互いに子供がいて、どうしようもなかったのだ。

その点、瑞樹は独り身で融通がきく。ちょっと急な帰国でも、無理やり予定を合わせてヒョイっと会ってくれた。

それどころか、国外でも瑞樹の方から訪ねてくることもあった。瑞樹はとある大手出版社の編集者で、作家の海外取材などに同行することが多いのだ。北米や欧州にいるときは、出張のついでにかなめたちの家を訪れてくれていた（さすがにブラジルの奥地やアラスカの山中は無理だったが）。

「お腹空いてないけどカワ食べたいわ。あとネギマ。カナメは？」

「同じでいいよ。あー、でもあと、モツ煮込みだけ頼んで」

「へいよ、っと……」

スマホ内のメニュー画面をぽちぽちとやって瑞樹が注文する。

「それにしてもキョーコも大変よね。カナメんところの子たちはいいの？」

「うん。もう下の子も一〇歳だし。ゲーム機渡しとけば一日中ほっとけるわ。ソースケもいるし」

「そう。でも……ふふっ」

「なに？」

「いや、サガラくんだけだったら心配してたよね、昔なら。また爆弾とか破裂させるんじゃないかって」

「ああ……いやさすがに今はそういうのはないわよ。けっこう常識的だから。高校のころみたいなのはさすがに……ないと……うーん……やっぱり心配になってきた」

先月に豊洲《とよす》のタワマンを追い出されてから、相良家は鎌倉の方に引っ越していた。今度の偽名は『美樹原《みきはら》』家だった。適当に決めまくっているので理由などまったくなかったが、きょう旧姓『美樹原』蓮《れん》に会ったときは、さすがにちょっと雑すぎるのではないかと申し訳ない気分になった。

宗介《そうすけ》と夏美《なみ》、安斗《やすと》はその鎌倉の家でおとなしくしている（宗介はついてきたがっていたが、かなめが留守番を命じていた）。護衛の巨漢——テディくんは、もう一人の部下と焼き鳥屋の入り口あたりの席に陣取って、店外を警戒していた。瑞樹はテディくんのことにはまったく気づいていない。

「まあ大丈夫でしょ。たまには羽を伸ばしたいからね」

「焼き鳥屋だけに羽を伸ばすと……。まあいいけど」

「こういうところも久しぶりだなあ……それこそ三、四年ぶりかも。どこだっけ、瑞樹と行ったよね？　神保町《じんぼうちょう》だっけ？」

「あー。それ以来か。じゃあカナメとも久しぶりだったわ」

「なんか、そんな気ぜんぜんしないけどね」

「そういえば、快気祝いね。かんぱい」

「ああ、どうも」

飲みかけのジョッキを二人はかちんと打ち合わせた。

「本当にもういいのね？」

「うん。大丈夫」

かなめの病気のことを、高校時代の友人は瑞樹だけが知っているのだ。心配させたくなくて恭子たちにはまだ話していない。

「きょう、キョーコたちに話すかと思ってたわ」

「迷ってたんだけど。なんか……いまさらかなー、と思って。むしろ黙ってたことが……

なんか後ろめたいのもあってさ……」

「ああ」

「こうやって、なんだかんだで、どんどん距離ができちゃってるような。なんとかしたいんだけど……」

これまで恭子と何かがあったわけではない。恭子は昔から何も変わっていない……と、思う。それは、歳相応《とし》に落ち着いたし、母親にもなった。だけど本質的にはそう変わっていない……はず、だ。

「仲良かったもんね、あんたとキョーコ」

「うん」

「あたしらは最悪だったけど」

瑞樹が自嘲気味に言うと、かなめは声を出して笑った。

「そうだった。そうだった。もう最悪！」

たしか当時の瑞樹の彼氏が、かなめにちょっかいを出したのだ。それを逆恨みした瑞樹が、校内のあちこちにかなめの中傷を書き込んだ。高校生の他愛もない諍《いさか》いと言ってしまえばそれまでだが、そんな二人がその後二〇年以上も友達付き合いが続くとは、さすがに当の本人たちも予想してなかった。

「でも瑞樹はほら、根はいい奴《やつ》だと思ったから」

「わかんないわよ。いまでもネットにあんたの悪口書いてるかも」

「それはひどい！」

二人でギャハハと笑っていると、焼き鳥が運ばれてきた。お腹はいっぱいのはずだったが、脂の香りに誘われるままに、二人はカワをもぐもぐとかじった。

「なんかもうちょっと頼もうか。セセリとツクネと砂肝、と……」

「あたしも同じのー」

「ビールは？」

瑞樹がジョッキをつついて見せる。

「あー……。じゃあ、もう一杯だけ……。いや、いや。我慢しとく」

医者からアルコールを禁止されているわけではない。『なるべく控えるように』と言われている程度だ。だが、息子の安斗がかなめの飲酒をあまり好んでいない。

「じゃあノンアルのビールにしたら？」

「うん。ノンアルでも最近、おいしいしね」

瑞樹が注文を済ませる。彼女は普通のビールを頼んだようだった。

そういえば、瑞樹とウマがあったもう一つの理由が酒だ。もともとかなめもワインやビール好きだったが、瑞樹はそれ以上のうわばみだった。昨日も職場の後輩と深酒をしていたというのに、さっそく二杯目に入ろうとしている。

「でも、ちゃんと我慢するのね。えらいじゃない」

「下の子が嫌がるのよ。酔っ払った母さんはなんか、やらしいって」

「あー。それはあるかも。キス魔になるよね、カナメ」

「ははは。キスに飢えてるのよ」

「旦那としてればいいじゃない」

「してるわよ。もう毎日。たくさん。あちこち。でももっと欲しくなるの」

「ケッ。のろけかよ」

「うん。もっとのろけていい？」

「いいよ。ほら」

瑞樹が片手で『おいで、おいで』のジェスチャーをする。

「あたしソースケ大好き。昔より好きかも。毎年、好き度が上がってる感じ」

空っぽのジョッキを抱くようにして、かなめは言った。それを見て瑞樹は苦笑するしかないようだった。

「かーっ！　もう、死ねよ！　いや縁起じゃないけど、死ね！」

「死なない」

「まあ結構なんだけど、そういうの、言う相手選びなよ？　人によってはムカつくだろうから」

「うん。気をつける」

かなめはあっさりと言って、ノンアルコールビールを持ってきた店員に空のジョッキを差し出した。

「それより瑞樹はどうなの？　いい人。最近」

「いや、うーん。……実はね、さっき言ってた後輩くんがさ。きのう告ってきて……」

「なにそれ!?　なにそれ!?　聞かせて聞かせて！」

「こんなおばさん、からかうなって言ったんだけど……。つい。うっかり。まあお遊びでもいいかなーと。実はさっき、昼まで……」

「うおー！　なんだそれ、歳を考えろ！　瑞樹先生！」

けっきょく河岸《かし》を変えて、となり駅の幡ケ谷《はたがや》で三次会に突入してしまった。さすがにようやく瑞樹が疲れてきてお開きになったが、二人で一〇時くらいまでバカ話をして過ごしてしまった。

○　○　○

へろへろになった瑞樹をタクシーに乗せて別れを告げると、すぐにかなめの前に黒塗りの防弾ＳＵＶが停車した。

「もうよろしいので、マダム？」

テディくんが後部ドアを開けて言った。

幹線道路を走り去るタクシーをちらりと見る。かなめは言い知れない名残惜しさを感じた。こうして気楽に会ってはいるが、次はいつになるだろうか、と思う。

「うん。帰りましょう」

後部座席にかなめが乗り込む。テディくんは助手席に。運転は部下の一人が担当する。その運転手が見慣れない顔だった。二〇代半ばくらいの女性だ。短い黒髪。

「新人さん？」

「はい。ドーファン《いるか》といいます。よろしく……お願いします」

女が答える。いまは黒いスーツ姿だが、その物腰、声にはなんとなく覚えがあった。テディが説明する。

「こないだの襲撃グループのリーダーだった奴です。行くあてもないらしいので、雇いました。私はあまり賛成ではなかったんですが……軍曹どのが『かまわない』と」

　宗介がいいと言ったのだから、まあ大丈夫だろう。

「そう。よろしくね、ドーファン」

「ドーファンは自称です。バルダーヌ《ゴボウ》と呼んでやってください」

「そ、それは……！」

「じゃあゴボちゃんね。よろしく、ゴボちゃん」

「は……はい」

　テディくんとゴボちゃんは車を発進させた。西新宿から鎌倉までの道のりなので、一時間ちょっとくらいか。すぐ近くのインターから首都高に乗る。

　家族のグループチャットに『いま新宿。これから帰るね』と打ち込むと、すぐに既読が三件ついて、宗介から『了解』と返信がきた。

　娘の夏美からは親指を立ててるクマさんのスタンプがくる。夏美の返事は五、六歳のときからずっとこのスタンプだ。特にこだわりがないらしい。さっと返事を送って、すぐ読書に戻る夏美の姿が目に浮かぶ。

　息子の安斗は逆で、いつも違うスタンプがくる。きょうは悪魔っぽいゲームキャラが踊っているスタンプだった。これは……『ＯＫ』なのだろうか？　よくわからん。おもしろいけど。というかもう二二時半だ。『子供は寝る時間』と打ち込んで、送信しようとしたが、やめておいた。友達と焼き鳥屋やバーで過ごしておいて、いまさら母親面で小言というのも格好がつかない。

それにたぶん安斗《やすと》のことだ。かなめから『帰るコール』が来るまで寝られなかったのだろう。一時期ほどではないが、そばにいてあげないと眠れないことがよくあるのだ。最近もちょっとその気配がある。帰ったら起きてても叱らない方がいいだろう、きっと。

まあ家族はいつも通りだ。

スマホをしまって、かなめはタブレットでメールの処理をした。といっても秘書AIの報告を読んで指示を出すだけだ。かなめの専用AIで『ハム』と名づけていたが、これは普通の大規模言語モデルで、宗介《そうすけ》の相棒とは仕組みが根本的に異なる。かなめの持っている企業の一つが開発したAIを（フルスペックで）私的にカスタムして使っている。

「マダム。お疲れでは？　帰宅まですこし休まれては」

あれこれ忙しくしている彼女を気づかって、テディくんが言った。

「ありがと。でも大丈夫よ」

「なにか必要ならいつでも言ってください」

「うん」

仕事の用事もすぐに終わる。

さて。

家に着くまでに、ひとつ片付けておきたいことがあった。

恭子《きょうこ》とのことだ。

瑞樹《みずき》に言われた通り、本当はきょう、自分の病気のことを話すつもりだった。蓮《れん》も知らない様子だったので、彼の夫の林水《はやしみず》は伝えていないのだろう。

でもまあ、問題は恭子だ。

別に秘密なわけでもなんでもない。ただ心配させたくなかったので知らせなかっただけだ。それとなく、さらっと、機会があったら伝えようと思っていた。そしてその機会が来なかった――

恭子。自分のいちばんの親友。

『親友だった』と過去形にはしたくない。たまたま、子供の世話やらなにやらでちょっと疎遠になっているだけ。そう自分に言い聞かせている。

かなめは長めのショートメールを書き出した。

きょうはありがとう。楽しかった。もっと一緒にいたかった。話を聞きたかった。旦那のことや子供の苦労話も。

それで、前から話してないことがあるんだけど、実はあたし――

あたしね、キョーコ――

あたし――

そこから先の文章が、どうしても出てこない。

母親と同じ病気で死にかけた。だからなんだと？　もう大丈夫なはずなんだし。

慰めてほしい？　そんなわけがない。ただ、報告を……それも違う。だったら、やっぱり知らせる必要なんかないのでは？　あたしのことで煩わしい思いなんかしたくないだろうし――

けっきょく全文消去して、一行だけ送る。

《きょうはありがと。また会おうね！》

すこしたって既読がつき、返事がくる。

《うん。今度は目黒の雅叙園《がじょえん》がいい！》

恭子はアフタヌーンティーがすっかり気に入った様子だ。次の会場はそこにするか。次がいつになるのかもわからないけど。

○　　○　　○

今度の家は八里ガ浜のはずれで、高台から太平洋を見下ろす位置にあった。

斜面に建てられた鉄筋造りの家だ。築年数は三二年とちょっと古いが、バブルのころの建築物はおしなべて頑丈で、造りもお金がかかっている。

なぜかヴィクトリアン様式っぽい家で、外壁はクリーム色のレンガ造りっぽく、ゴシックっぽい小さなアーチが各所にしつらえられている。あくまで『っぽい』のはご愛嬌《あいきょう》だが、ここは日本だし一九世紀のイギリス風の家を完璧に再現するのは無理な注文だろう。海のそばなので潮風に傷んではいたものの、ちょっと手を加えただけで、なかなか品のいい、落ち着いた屋敷《やしき》になってくれた。

かなめは前のタワマンよりはこちらの方が好きだった。

宗介は立地のセキュリティがイマイチらしく、そういう意味で前のタワマンの方が好きだという。夏美《なみ》は本が読めればどこでもいいらしい。安斗は引っ越し二日目にゴキブリと出会ってしまって、以来、この家をあまり良く思っていないようだ。

豪邸というほど広大で贅沢《ぜいたく》な造りではないが、ガレージは二台分あるし、部屋は五つもあるし、リビングには海を見渡せる大きな窓がある。……まあ、ほとんど豪邸か。二部屋は使わずに荷物置き場になっている。

はす向かいにも空き家があったので、そこはテディくんたち護衛チームの拠点にしてある。大宮の時は近くに空きがなくて、歩いて一分くらいの距離の拠点だったのを考えると、恵まれた立地といえるだろう。

もう二三時半だった。波の音は聞こえるがあたりは真っ暗だ。

かなめは車を降り、テディくんたちと別れて家に帰る。その時、ふと護衛チームの拠点の反対側、広めの貸駐車場に目が留まった。灰色の大きなコンテナトレーラーが止めてある。そういえば先週まではあんなトレーラー、なかったような気がする。

（っていうか、前にも見た気がするわね……）

まあ怪しいものなら宗介なりテディくんたちなりが処理しているだろう。すぐに忘れて家に入る。

玄関ドアが大きくて重い。

「……ただいまー」

小声で言うと、すぐにリビングから宗介がやってきた。

「おかえりだ」

さっとハグして頰にキスしてくる。昔はもっとぎくしゃくした仕草だったたが、さすがにいまはこなれたものだ。まあ、ぎこちないキスも好きだったけど。

お返しに軽く唇にキスすると、彼ももう一度キスしてきた。すこし濃厚なキスだった。

なんとなくムラーっときてもっとしたくなったが、さすがに疲れていたし、帰ったばかりだし、例によって玄関脇のシュー・クローゼットで寝ている夏美の足がちらりと見えたので、ガマンする。

「楽しかったか？」

「とっても。まあ二次会からは瑞樹とあたしだけだったけど」

「また稲葉《いなば》か。仲がいいな」

「なんかね。ほんと、なんでだろ」

「腐れ縁というやつかな。俺とクルツみたいなものだ」

「ははは、そうかも」

夏美が起きてくる気配はない。宗介が家にいるときは自分が安全に気を配る必要はないと思っているようで、きっちり熟睡するのだ。

「安斗は……？」

「君が帰るまで寝ないと言って聞かなくてな。けっきょくそこで寝てしまった」

「いつも夜ふかししてるから、もう……」

ダイニングのテーブルに荷物を置いて、リビングの安斗のところに行く。安斗はソファで毛布を引っ掛けて眠っていたが、かなめの気配に気づいて目を覚ました。

「……母さん」

「ただいま、安斗。部屋行って寝ましょ」

「……うにゃ」

「ほら、運んであげるから……って、あ……ちょっと……重っ」

抱き上げられると思ったが無理だった。小柄だけど、もう一〇歳だ。抱っこができる最後の数年を、病気のせいであまり一緒に過ごすことができなかった。かなめはふとしたこういう時、寂しさを感じる。

「俺が運ぼう。……ほら、安斗」

宗介が安斗を軽々と持ち上げて、子供部屋に運んでいった。いまでも三〇キロのリュックを背負って三〇キロメートルを歩いたりしているので、彼はまだまだ抱っこができそうだ。腕や首など、がっしりしていて昔よりよほど強そうに見える（本人は『昔の方が強かった』と言っているが）。

その間にかなめは手を洗ったり水を飲んだりする。化粧を落とそうと、洗面所で洗顔セットを出していると、子供部屋から宗介が戻ってきた。

「ぐっすりだ。よく寝てる」

「ありがと。……これは？」

リビングと洗面所の境目あたりに置かれた大きなダンボール箱に気づく。海外からの宅配便っぽかった。

「マオからだ。LAのアパートを始末してもらっただろう。あちらに残っていた私物のうち、すぐに必要そうなものを送ってもらった」

「ああ。悪いわね」

箱の中身を見る。家族の衣類と小物ばかりだった。他は安斗のお気に入りのぬいぐるみと、夏美の書籍類、これまでの引っ越し先の記念品などなど。

「って、おお？」

箱の奥からビニール袋の包みを取り出す。広げてみると、なんと陣代《じんだい》高校の女子の制服だった。白地に青がまぶしい。ブラウスや赤のリボンもちゃんとある。保存状態が良かったのか、色落ちもほとんどしていない。

「懐《なつ》かし～」

「懐かしいが、これのどこが『すぐ必要』なのだ。マオのやつ……」

「まあいいじゃないの。……まだ着れるかな？」

笑ってビニール袋に入ったままの制服を胸にあててみる。

宗介《そうすけ》はその様子を見て能面のような無表情だった。引いているのかもしれない。さすがに気恥ずかしくなって、彼女は制服をそっと遠ざけた。

「なんてね。さすがに歳《とし》を考えろっての！　うははは」

「…………」

「うーん、思い出は詰まってるけど。もう処分しようかな」

「いや！」

宗介が即答した。片手で『待て』と制したりまでしている。

「……すまん。大声で。だが、処分することは……ないんじゃないのか？　その……スペースをとるわけでもないし……。そのうち何かで必要になることは……考えにくいが……まあ、捨てるのは……忍びないというか……」

なんだか早口だった。

「そう？　そういえばソースケの制服は？」

「とうの昔に処分した」

「だったら別にあたしのだって――」

「いや、いや。俺のはいいんだ。ただの詰襟《つめえり》だったし、擦り切れ気味だったし。君のはその、とにかくもったいない」

「そう……。じゃあ取っとこっか」

なぜか宗介は安堵《あんど》のため息をついた。

「よかった」

「変なの」

「深い意味はない。ただ……思い出の品だから、な」

「まあね」

かなめは笑うと、その制服一式をしまいにクローゼットに向かった。

「きょうはもう休め。疲れてるだろう」

「うん。もうクタクタ……」

「俺もメールを片付けたら寝る」

「わかった」

宗介もきょうは家事をすべて引き受けて、更にどこぞのPMC（民間軍事会社）から依頼されたレポートの仕事をやっていたので、疲れているはずだった。明日も色々あるらしいので、きっちり寝ておかなければ。今夜は色っぽい雰囲気にはなりそうもなかった。

ウォークインクローゼットは寝室に面している。そこで陣代高校の制服をちゃんとしたハンガーにかけて、小さな防虫スプレーをシュシュっとかける。着る機会もないのにばかばかしいが、最低限の処置だ。そのまま、よそいきのブラウスとロングパンツを脱いで、例によってぶかぶかのTシャツを着ようとして——

「……………」

ハンガーにかかった制服をもう一度見て、なんとなしにスカートを手に取る。

「みじかっ」

こんなのパンツ見えるって。女子高生すげえ。あと冬とかマジでこんなミニ、無理。自分、元気だったのね……。でもサイズはたぶん——

「ほう……。ほう、ほう」

腰回りは、たぶんまだいける。というか、今の方が痩せてるくらいかも。ちょっとした興味から、そのスカートに脚を通してみる。どれどれ——

「あ、いけるいける……」

余裕、余裕。ぜんぜんきつくない。すごいぞ、あたし。

スカートのホックをとめると、すこし迷ってからブラウスに手を伸ばす。まあせっかくだし——

「試すだけ、試すだけ……」

子供たちは寝てるし、宗介もダイニングの方でメールの返事を片付けている。誰も見てないから。

ブラウスもぴったりだったが、胸まわりが若干きつかった。でもまあ、許容範囲だ。ボタンもとめられる。

クローゼットの奥の姿見《すがたみ》の前でくるりと一回りした。

「ほほう、これはなかなか……」

こうなったらあれだ。毒を喰《く》らわば皿までも、という奴《やつ》ではないのか。

首の赤いリボンをつけて、ジャケットを着る。このジャケットがまた体型の出るデザインで、ウエストまわりがかなりタイトなのだが――

「おお。バッチリ……おお……！」

ぜんぜん大丈夫だ。まだまだいけるって！

ジャケットの下のボタンをとめる。これで全部？　いや、まだ裸足《はだし》だった。ここまで来たら、ソックスも欲しい。クローゼットをがさごそと探ると、程よい長さの黒いソックスが見つかった。それを履いて、あらためて姿見の前に立つ。

「ちょっと……完璧？　やばっ」

高校の制服をここまで着られるとは。自分のポテンシャルが恐ろしい……！

まあ、ちょっと着られてる感はあるし、あの頃のような生命力、自信満々な感じはないけど……。むしろなんか、ミニスカートから伸びる生足のなまめかしさは、二児の母でなければ出せない味が……いや、だらしないだけか。どうなんだろう。筋肉はさすがに落ちてるだろうけど。夏美《なみ》と並んだらどう見えるだろうか。うーん。
「ははっ……」
くるくると姿見の前でポーズをとって遊ぶ。スマホで自撮りもしておく。何枚か撮ったあと、顔を隠してさらに数枚。これがまた、よく撮れてる！
「よーし……ネタとして。あくまでネタとして」
きょう会った面子《めんつ》には送ってもいいだろう。恭子《きょうこ》、蓮《れん》、瑞樹《みずき》の三人に顔を隠した画像を送信する。恭子と蓮からはすぐに返事が来た。
《自分：ちょうど出土品があったので着てみた》
《恭子：懐かしい！》
《蓮：昔の写真ではなく？》
《自分：いま撮った》
《恭子：すごい！　カナちゃんまだいけるねー》
《蓮：素敵です……》
《自分：いやそんな普通に褒めないでw　笑わせたかっただけ》
そんなやりとりをして『おやすみ』と告げる。瑞樹はずっと未読のままだった。もう寝ているのだろう。

「さーてと……」

制服の用は終わりだ。かなめはジャケットを脱ごうとしたが、ふと手を止めた。

宗介はまだダイニングでメール中の様子だ。

見せてみようか？

それで笑って、おしまい。この制服は奥にしまって、もう二度と着ない。そんなところがいいのではないか。

「よし……ふふ」

疲れがたまっていたのと、意外に若いころの制服が着られたのとで、妙なテンションになっていた。かなめはそろそろと忍び足でダイニングに向かっていく。

宗介はノートPCに向かっていた。

「ソースケ」

「ん？　…………っ！」

たちまち彼は目を丸くした。ガタッと半立ちになって、その拍子にマウスがテーブルから落ちた。

「うふふ。意外とまだいけるでしょ」

「う……あ……」

かなめがひらりと回ってみせると、ミニのスカートがふわりと広がる。

宗介はしばらく固まったままだった。さすがに引いたか。かなめは苦笑いして、自分の制服を見返した。

「一度だけ袖通そうかな、と。これで供養《くよう》になるでしょ。ほらほら」

「その……まて……まて……」

心なしか息が荒い。

「あ、ご、ごめんね？　引いた？」

「いや……」

彼が近づく。一歩一歩に重みがある。

「あの？　ソースケ？」

「なんというのか……その格好は……破壊力が……」

「破壊力？」

「……いまの君が着ると、ものすごい威力だ。まずい」

「なにそれ」

「愛してる、千鳥《ちどり》」

嬉《うれ》しいんだけど、なぜ旧姓？

かなめが一歩後じさる。その腰を彼が抱き寄せる。

「あん……なんか怖いんだけど」

「君のせいだ」

「なんでよ、ちょ、んう……⁉」

いきなり唇を奪われる。そう、まさに『奪われる』という感じに近かった。普段は軽いキスから始まるのに、もう、がばーっと。強引に。

「……ぷはっ。やだ、そんな……」

と言いつつ、そういう感じも嫌いではない彼女は、くにゃりと彼の腕に身を任せた。そう、ちょっと乱暴にされるのも、実は。というか、むしろ、すごい好き……。

何度もキスをしているうちに、なんだか頭がくらくらしてくる。どこかで甘い声がした。自分の声だ。

宗介は軽々とかなめを抱え上げ、お姫様抱っこでずんずんと寝室に向かっていく。その力強さときたら！

「……あの、もう寝るんでしょ？」

「寝ない」

「あした早いし、子供が」

「なんとかなる」

「きゃっ」

ベッドにどーんと放り投げられる。やる気まんまんだ。すごい。どうしちゃったの、制服を着ただけなのに。

「もう……そういう……つもりじゃ……なかったのよ……」

「綺麗《きれい》だ、千鳥」

「ばか……ん」

また唇をふさがれる。

そのあとは、めちゃめちゃだった。

さっきまでお出かけのパンツスタイルだったので、下着の線が出ないようにTバックだったのがまた、火に油を注ぐことになってしまった。あの制服にTバック。このギャップはやばい。空が白んでくるまで寝かせてくれないし、歳《とし》を考えろってほどの盛り上がりで、太ももの筋肉とか付け根とかいろいろと痛くなるし、あごと首とかもやたらと疲れたし。あとおでこも痛い。ごっつんごっつん窓にぶつけたから。

もう、とにかく、大変だった。

朝、ベッドのすみっこやかたわらでくしゃくしゃになっていた制服——思い出の制服を見て、冷静になった宗介《そうすけ》がぽつりとつぶやいた。

「なんというか……罪悪感がすごいな」

「だったらするな！」

裸シーツで、かなめは久々に彼の背中を蹴り飛ばした。

○　○　○

寝不足で朝ごはんは作れなかったし、ダイニングテーブルから落ちたままのマウスを見た安斗《やすと》に不審に思われたりしたが、とりあえず子供たちには気づかれずに済んだようだった。二人には申し訳なかったが、登校前に近所のコンビニに寄っておにぎりを食べていってもらう。

宗介も朝からヤン&ハンター警備会社の会合で出かけてしまった。引っ越した当初はまたファミレスででも働くのかと思っていたが、身の丈にあった仕事にしたようだ。テディくんたちの警護チームの強化もしたいようだったが、それよりは会社全体のレベルアップをするつもりらしい。『かつての〈ミスリル〉のPRT並み……とは言わないまでも、それに近いレベルにしたい』といっていた。社長というかCEOのヤン・ジュンギュがちょうど東京に来ているので、直接顔を合わせてあれこれ注文をつけまくるのだろう。

家族が三人とも出ていってしまったので、かなめは一人家に取り残された。

たまっていたメールの処理をしてから、掃除をする。

寝室のベッドを直して、しわだらけになった高校の制服にアイロンをかける。スカートについた染《し》みをとっていると、昨夜の有様《ありさま》を思い出して、一人で赤くなったりした。制服はクローゼットのいちばん奥にしまうつもりだったが、考え直してちょっと手前にしまった。

部屋の掃除はほどほどにして、シャワーを浴びて、昼ごはんに昨夜夏美が作ったカレーを食べると、一気に眠くなってきた。リビングのソファでちょっと昼寝をする。

リビングの大窓からは初夏の太平洋が広がっている。雲ひとつない空とまぶしく輝く波。ずっと遠く、水平線の近くに大きな船が見える。

かなめはうとうととしながら、このまま静かに死ねたらいいのに、と奇妙な思いにとらわれた。

二人の子供はとっても元気。昨夜は旦那にすごい愛されて、満たされて。こうして一人で、きれいな部屋で、光り輝く海を眺めて。

死ぬならいまが最高じゃないか。

（なに馬鹿なこと考えてるの）

と思考のどこかが言った。

（わたしは死にたくないわよ。まだまだ人生を楽しまなくっちゃ）

ただの空想よ。すこし疲れただけ。

（疲れるわよ、そりゃあ）

最近、いろんなことがあって。幸せすぎて、怖くなってきてるのね。

（あなたってそういうところがあるわね、カナメ。ピンチに立ち向かってる方が活《い》き活《い》きしてる）

ピンチはもうたくさん。ゆっくりしたい。

（ピンチなら、もう当分こない。きょうも色々あるけど大丈夫。わかってるでしょう？）

わかってる、か。あなたに不満はないけど、ときどき逆にわからなくなるの。本当のあたしはどこにいるのか。というより、いつにいるのか。この部屋も高校生のあたしが見ている夢のような気がする。もしくはおばあさんのあたしが思い出す今際《いまわ》の記憶のひとかけらかも。

（どれでもいいでしょう。実際、わたしとあなたはいつにもいる。本のようなものよ。その気になれば、何ページを読むこともできる）

でも、あなたとこうして話すのも久しぶりね。三か月、四か月？

（また忘れちゃったのね。たったの三日ぶりよ）

ああ、そうか。そうだったかも。でも……まあ……どうでもいいか……。忘れてた方が……普段は……いい……。

（あの子が帰ってきたわ）

あの子……？　ああ夏美《なみ》か。これからあたしは夏美に起こされ、今日は午前授業だから早く帰ってきたと聞かされる。それからあの子に大丈夫、様子が変、死んでるのかと思ったと言われ……。

（じゃあねカナメ）

うん、ソフィア。

「お母さん？」

白い夢から覚めると、夏美がいた。

心配顔で覗《のぞ》きこんでいる。近くの県立高校の夏服姿だ。すこしだけ陣代《じんだい》高校の夏服に似ている。

「う……ん。夏美？」

「今日は午前授業だから。早く帰ってきたの」

「ああ、そうだったの」

かなめは起き上がろうとしたが、すこしめまいがしてソファの上にへたり込んでしまった。夏美があわてて横から支える。

「大丈夫……？」

「ごめんね。ちょっと……ああ、もう大丈夫」

めまいはすぐに消《き》え失《う》せた。夏美は不安げな様子でこちらを見ている。

本当にきれいな子だな、と場違いに思った。なんとなく、顔立ちの整った長毛種の大型犬を連想させる。アフガンハウンドか何かが心配顔でこちらを見ているような——ああ、そうだ。こういうところも父親似なのかもしれない。

「お母さん、様子が変」

「そう？　ちょっと昼寝してただけよ」

「死んでるのかと思った」

「はは。なんで」

「わからないけど、そう思ったの。水分の補給をした方がいい」

そう言って夏美はキッチンに向かった。普通なら『水、飲む？』とか言うところだろうに、『水分の補給』とか。これも父親似だ。……いや、宗介と一緒の時間が長かったからか。特にここ三、四年は。

頭を振る。どんな夢を見ていたのか、もう思い出せなかった。夏美がコップに水を注いで持ってきてくれた。

「はい」

「ありがと」

水を飲んでいる間、夏美はぴたりとかなめの横に座っていた。距離が近い。肩を抱いてあげると、嬉しそうに身を寄せてくる。かなめはそれが心地よいのと同時に、ちょっと心配にもなっていた。

夏美には反抗期らしい反抗期がなかった。父親の宗介は歳相応にぞんざいな扱いをすることもあるが、かなめにはとても懐《なつ》いている。小学生くらいの頃はまだ不自然でもなかったが、いまになってもほとんどそれが変わっていないのはすこし珍しい。

普通、高校生くらいになると母親の存在は疎《うと》ましくなるものだ。

かなめ自身はそのころにはすでに母親を亡《な》くしていたから分からないが、友達はみんな大抵、母親を疎んじていた。せっかく元気なのに、もったいない……と内心で思っていたことを思い出す。

これも自分の病気や、家庭環境のせいかもしれない。なにも心配なく思春期を一緒に過ごせていれば、夏美も自分を『ウザい』とか言って遠ざけたかも。いや、どうだろう。

(わかんないけど。ごめんね)

言葉には出さずに肩をさすってあげる。すこしたって夏美が口を開いた。

「この家」

「うん？」

「素敵だけど、なんだか変な別世界みたい」

窓からの大洋が、陽光を受けてきらめいている。きらきら、きらきらと大小の宝石を散りばめたようだった。

「そうね。ちょっと、浮世離れしてるかも」

「前、読んだ本にこんな家が出てきた。クロウリーってアメリカの作家でね……」

ちょっと早口になって夏美はその本の話をした。かなめにはそれがどんな本なのかまるで分からなかったけれど、歌を聴くようにしてその声を楽しんだ。

「お母さん。ナミってだれなの？」

なんとかいう作家の話だったはずが、いきなり不意打ちのように言ってきたので、最初は質問の意味がわからなかった。

「夏美は……あなたでしょ？」

「そうじゃなくて、わたしの名前をもらった人」

「ああ……」

それはそうだろう。かなめはその名前を思い出すのが久しぶりの気がして、むしろその事実に小さな驚きを感じた。

「お父さんには聞いたの？」

「ううん。なんか、いけないような気がして」

「いけなくはないわ。でも……まあ、まずお母さんに聞いた方がよかったのは確かね」

夏美に名前の由来を話したことはこれまでなかった。もっと小さかったころに聞かれたことはあったが、『夏生まれで、美しいって意味よ』くらいにしか説明していない。名前をもらった人がいるのも言ったことがなかったが、何かのきっかけで気づいたのだろう。安斗の名がカリーニンのファーストネームからもらってるのを、マオかだれかから聞いたかもしれない。だったら自分にもそういう人がいるのかも――くらいには、この子なら考えるだろう。

なぜ今なのかは見当もつかなかったが。

「やっぱりいるのね。わたしの名前の……」

「ええ。でもお母さんも会ったことはないの」

「そうなの」

「残念だけど、もう亡くなっててね。お父さんが昔、お世話になった人で……いろいろあったけど、助けられなかった。その……わかるでしょう？　お父さんの世界の『助けられなかった』っていう意味は」

「うん……」

そのナミという人のことを、宗介《そうすけ》はかなめにも話したがらなかった。

最初に知ったのも宗介の寝言からだ。

昔、宗介はよくうなされていた。特に夏美が生まれる前後まではひどかった。浮気《うわき》相手のようなものではないことは、その寝言のトーンでよくわかった。

かなめは時間をかけて——何か月もかけて、すこしずつ、彼女のことを聞いていった。二人の関係が一番の危機に陥っていた時期だったかもしれない。宗介の口は重かったが、一つ一つ、彼女のことを明らかにしていった。その最期《さいご》のことを話す時は、声が震えていた。

自分が殺したようなものだと宗介は思っていた。それに対して、かなめはなにも言えなかった。あなたのせいじゃない、と言ってやりたかったが、そうとばかりもいえない事情があった。そしてそうなった原因には、彼が追い求めていたかなめの存在があった。つまり彼女の死に責任があるとしたら、自分も同罪なのだ。

「最初にあなたをナミにしよう、って言ったのは……お母さんなの」

そんな名前を、生まれてくる子につけるなんて正気か。まるで娘にまで十字架を背負わせるようではないか。そう言って宗介は反対した。

「お父さんは、乗り気じゃなかった。もちろん、あなたを思ってのことよ。やっぱり、ちょっと、重すぎるから」

「軽い名前なのに」

そうつぶやく夏美の口調には、たしかに軽やかな自信めいたものが混じっていた。

「そうね。夏美。軽くて、とてもきれいな名前。でもお父さんとお母さんがそう感じられるようになったのは……あなたのおかげよ」

「わたしの？」

夏美はすこし不思議そうに小首をかしげた。

「この世でいちばん大事な子に、その名を乗せて呼びかけるの。毎日。毎晩。そうすると……呪いが解けていく。重く、苦しい言葉だったのに、いつしか軽く、美しい言葉に変わっていく。全部あなたのおかげ」

赤ん坊の時、その名を呼ぶのはどこかぎこちなかった。でもミルクを飲ませたり、はいはいを手伝ったり、熱を出したのを徹夜で看病したり……その度にその名を呼んでいると、変わっていく。ゆっくりと、その言葉の意味が変わって、いずれは祝福になる。

宗介は前ほどうなされなくなった。

そして安斗《やすと》を授かる一年くらい前、ある晩に幼い夏美を寝かせてから彼はぽつりと言ったのだ。『この名前で良かった』と。『君が正しかった。この子が俺を救ってくれた』と宗介は言った。

安斗が生まれて、この世でいちばん大事な子は二人になった。宗介がうなされることは滅多になくなった。

「いまはもう過ぎたことよ。なーちゃんはなーちゃん。お母さんもお父さんも、普段はぜんぜん気にかけてないもの」

「そう」

「いやだった……？」

「ぜんぜん」

わけもなくそう答える娘の横顔には、初夏の美しい陽が射《さ》していた。

「そう。ありがとうね……」

「お母さん、泣いてるの？」

「ううーん。ちょっとじんと来ただけ……歳《とし》のせいかな、涙もろくていけねえや。くそっ」

「なにそれ」

かなめは目尻をぬぐって笑った。ただそこにいるだけなのに、娘の強いまぶしさにくらくらしそうだった。疲れきった自分とはまるで違う。

「さ。お母さんは仕事しなくちゃ。コーヒーのむ？」

「いい。ちょっと早いけど走ってくる」

夏美《なみ》はランニングの習慣がある。引っ越したてはその余裕がなかったが、最近は朝か夕に海辺を何キロか走っている。護衛チームの担当者は大変だが、まあ仕方ない。ちなみにもっと走る宗介の担当者は実は楽だ。宗介はいまでも毎日一五キロくらいは走っているが、家のすぐ近所をぐるぐる、ぐるぐると延々回るだけなので追いかける必要がない。

夏美がスパッツ姿に着替えて出ていくと、ちょうど電話がかかってきた。

安斗の小学校の担任からだった。

『お母さん。その……安斗くんがですね、ちょっと問題を起こしまして……』

「なにをしたんですか？」

『クラスメイトの衣服に火をつけたんです』

○　○　○

理科の時間に、電池と電球を使った簡単な実験をやっていたのだそうだ。

そこで安斗が隣の班の男子の背中に、直列につないだ単二電池とアルミホイルを使って、火をつけた。その男子は悲鳴をあげて教室中を駆け回ったが、すぐに安斗が消火器を使って消し止めた。短時間で小さな火だったので、シャツが焦げた程度、火傷《やけど》すら負わなかったそうだ。

とはいえ、やったことがやったことだ。安斗はクラスメイトから離されて職員室で待たされている。被害にあった児童は帰宅したそうだ。

「理由は聞いたんですか？　安斗は理由もなくそんなことをする子じゃありません」

午後の小学校の会議室。着の身着のままの格好で、あわてて駆けつけたかなめは担任教諭に言った。

「理由があったらOKなんですか？　美樹原《みきはら》さんのおたくでは」

「いえ、まあ……言葉のあやというか。とにかく息子に会わせてください」

「もちろんです。でもその前に状況をご説明しておこうと思いまして」

「状況？」

「ええ。転入以来、安斗くんはどうも打ち解けてくれていないんです。クラスの子が遊びに誘っても断ることが多いようでして。きょう被害にあったのはクラスでも中心的な子でしてね。よく安斗くんを誘ってくれていたんですが……」

「ええと……『中心的な子』ですか。よければ名前をうかがっても……？」

「それは……被害にあったご家庭の意向を聞いてませんから。ちょっと、いまは伏せておきたいんです」

「？　よく意味が……」

その子の名前を伏せる理由がよくわからなかった。あとで安斗に聞けば結局わかることだ。つまり、この先生から伝えたくない、ということか。揉《も》めてほしくないし、問題にもしたくない。その『中心的な子』がどういう子なのかも、追及してほしくない、と。

「ああ……」

かなめはおぼろげにどういう力学が働いているのか理解した。

安斗がなんの咎《とが》もない子にそんな真似《まね》をするわけがない。

とすれば、まあ普通に考えれば、その『中心的な子』というのは要するにいじめっ子かそれに近い存在なのだろう。

とはいえ家庭では、ここ最近も安斗は普通だった。朝、あくび混じりでだるそうに登校していく息子には、これっぽっちの悲愴《ひそう》感も、逆に無理して明るくふるまう様子もなかった。いくらなんでも、深刻ないじめを受けていれば、かなめも様子がおかしいと気づいただろう。その辺りは本人に聞いてみなければわからないが。

「その、事故ということで向こうのご家庭は納得してくれそうです。とはいえ一緒に机を並べるのも難しいでしょうから、安斗くんはしばらくこちらの会議室で特別授業という形でですね……」

「隔離するわけですか。うちの子だけを」

「隔離だなんて。あくまで一時的な措置です。もしあちらのご家庭的に問題がなければ今まで通りにしますし、それが無理なら他のクラスに移るか……あるいは隣の学区の小学校に移るという手も……」

さあどうしたものか。

一瞬、怒りに近いものが湧くのを感じたが、すぐにそれも鎮まった。この年配の女性教諭を責めるのは筋違いだろう。彼女にできることなど知れているし、そこまでの給料はもらってない。なによりも、安斗は加害者だ。その上で穏便にすむ案をこの先生は探ってくれてはいるのだし。

「まあ……おっしゃりたいことは、わかりました。じゃあ安斗と会っていいですか？」

「ええ。いま呼んできますから、こちらでお待ち――」

会議室のドアが勢いよく開いて、他でもない安斗がランドセルを片手に飛び込んできた。

「美樹原くん？」

「安斗？」

「母さん、コードレッドだよ」

スマホをチラ見せして安斗が言った。コードレッド、非常事態のことだ。相良《さがら》家の場合、身元が敵にバレた、あるいはバレた可能性が非常に高いことを意味する。しかしそんな危険など、ついさっきまでまったくなかったはずだ。

「え？　なんで？　だって――」

「早く帰ろう。姉ちゃんが心配だ」

「あ、うん」

少しあたふたしながらも、かなめは鞄《かばん》を手に立ち上がった。

「なに言ってるの美樹原くん。それにスマホは禁止よ」

「先生！　短い間だけどお世話になりました。あと川辺《かわべ》くんには謝っておいてください。それから山田《やまだ》には死ねって言っておいて」

「なにを言ってるの？　お母さんも何か言ってください」

「あの、ええと」

「ほら行くよ」

安斗はかなめの手を引き、廊下に走った。もたつきながらも、かなめは先生に一礼してから付き従う。

一階の靴箱置き場に向かいながらかなめはたずねた。

「どういうこと？」

「自宅周辺の通信量が一時間前から急増してる。衛星の情報と交通網のデータからも。たぶん二個分隊くらいの兵力が展開中だよ」

かなめのスマホにも同様の警告が流れてきている。安斗が宗介《そうすけ》に頼んで、家の周辺に設置したセンサのおかげだ。それはそれで大事だが――

「そうじゃなくて！　その川辺くん？　山田くん？　火をつけたって本当なの？」

「ああ、そっち」

わけもない、といった様子で安斗は答えた。

「山田っていうやつが、川辺くんを前からいじめてたんだよ。ほら、川辺くん。一度家に遊びにきただろ？」

「ああ、あの子」

先週、そういえば遊びにきた。気の弱そうなひょろっとした子だった。

「それで今日も山田が川辺くんに嫌がらせしてたから、ムカついたんでちょっと火をつけておどかしたんだ。それだけの話」

「なるほど。納得した……ってやりすぎじゃない？　そんな……カチカチ山みたいな」

「いいや、それくらいした方がいいのさ。みんなの前で泣いて、チビって……あれで山田はスクールカーストのトップから転落だよ。みんな心の中では快哉《かいさい》を叫んでただろうね」

「うーむこれは……しかるべきか、ほめるべきか、悩ましいところねえ……」

「ほめてよ！　スカッとしたんだし」

「いや、親の立場としてはね？　そういう暴力に訴えるのとか、どうかなあ……って、あ、そうだった。敵がいるのよね？」

「そうそう。殲滅《せんめつ》しないと」

敵がいるのに学校の暴力がどうとか、なんだか認識がバグっている。

「殲滅なんてダメ。っていうか、お父さんとテディくんが東京だし」

残った護衛チームではいささか心許《こころもと》ない。ここは夏美と合流して避難するのが得策だろう。しかし、どうやって今度の住所が漏れたのだろうか？　護衛チームもかなめのＡＩも、そんな兆候はまったくとらえていなかった。

靴に履き替えて小学校の校舎を出ると、宗介から電話があった。

『安斗《やすと》は？』

「一緒。いま小学校出るところ」

『よし。護衛のバルダーヌ《ゴボウ》とそのままセーフハウスへ避難しろ』

バルダーヌ——ああ、ごぼうのゴボちゃんのことか。小学校の正門前に黒塗りのＳＵＶが止まるのが見えた。運転席で女が手を振っている。ゴボちゃんだ。信じていいのだろうか？　いや、宗介がああ言っているのだから、一応大丈夫なのだろう。

「夏美《なみ》はどうするの。まさか置いてくなんて言うんじゃ——」

『夏美なら大丈夫だ——』

音声が途切れ途切れになる。

「大丈夫なわけないでしょ？　敵に囲まれてるのよ？」

『いま連絡——ちょうど——コンテナに——』

「もしもし？　ちょっと？」

『——逃げ——』

電話が切れた。護衛チームの一人がＳＵＶの後部ドアを開けて手招きしている。安斗を抱くようにして、後部座席に飛び込むと、すぐに車が走り出した。

「このままセーフハウスに避難します……！」

　ゴボちゃんが言った。

「だめよ、夏美を置いていけない。一度家に戻って」

「ですが、軍曹どのの御命令なんです」

「あたしは会社のオーナーよ」

「クビにするならご自由に。でも、いま家に戻るのは危険すぎます。息子さんまで危険にさらすんですか？」

「………っ」

　ゴボちゃんの正論にかなめは口ごもった。いまいる護衛は彼女ともう一人だけ。これで二個分隊——二〇人くらいの敵が待ち受ける自宅周辺に駆けつけるのは、さすがに無謀だ。夏美には夏美の護衛もいるし、なんとか脱出するのを祈るしかない。

「軍曹どのは、娘さんは大丈夫だと言ってます。いまはその言葉を信じて——」

　そこでいきなり銃声が響いた。右後方から迫ってきたワゴン。窓からちらりとカービンがのぞく。

「………！」

　敵だ。どこの勢力かはまだわからないが。

窓やドアに被弾するが、このSUVは防弾仕様だ。ちょっとやそっとでは走行不能にな
ったりはしない。
「くそっ、早い」
とゴボちゃんがつぶやく。
「大丈夫、そのまま走って」
と安斗が言って、ランドセルからドローンを一機、取り出した。左側の窓を三分の一ほ
ど開けて、そこから車外へドローンを放り投げる。無造作に投げただけなのに、ドローン
はすぐさま姿勢をまっすぐにして、車と並走するよう飛行状態に入った。
「適当に撃ってて。そのまま、そのまま……」
スマホの小さな画面で器用にドローンを操作する。この高速で、敵の車を舐《な》めるように
飛んで――かなめにはとてもできない真似だった。
「それ」
ドローンの電気銃がバシッとうなる。こちらを撃っていた敵が固まって、動かなくなる
のが見えた。
「もう一発……」
ドローンの電気銃は有線式で二発だ。残る一発で敵の運転手を狙う。かなり難しい操作

のはずだったが、安斗は苦もなくドローンの位置を変え、もう一発の電気銃を発射した。敵の運転手の首筋に電気銃のニードルが刺さり、電流が流れる。ステアリングを握ったまま運転手がのけぞり、車が右へと流れていく。そのまま路肩の電柱に正面からぶつかって、煙を吹いた。電気銃のワイヤーを切り離して、ドローンはかなめたちの上空を追尾してくる。

「安斗、すごい！　あとでファミチキ買ってあげるわ」

「やった」

一方のゴボちゃんは複雑そうな表情だ。前は襲撃グループのリーダーで、大宮ではこのドローンに味方を倒されたりしていたからだろう。

「でもまだ来ます。一台……いや二台！」

住宅街の後方から一台。左の曲がり角からもう一台、車両が猛スピードで迫ってきた。はげしい衝撃。かなめたちのSUVの後部をかすり、バンパーを持っていく。

「ああ、敵の本隊はこっちに来てるみたいね……」

それはそうか。敵の狙いはかなめなのだから。

「電気銃《テイザー》は弾切れ。でも一台は片付けるよ」

安斗は言うと、また上空のドローンを操作した。すいーっと低空に降ろして、追跡してくる敵車両の真下に入れると――

「ばいばい」

ドローンが爆発した。

手榴弾《しゅりゅうだん》くらいの規模だが、それでも車のエンジンとシャーシ部分を壊すのには充分な威力だった。車がガくりと姿勢を崩し、右へ左へ蛇行して、そのまま視界から見えなくなる。

「すごいすごい！　ファミチキ三個買ってあげるわ」

「三個はちょっといらないかな……」

しかしまだ一台が残っている。

いや、二台、三台。また新たに敵と思《おぼ》しき車が現れた。これは手に余る。

「うちには予備のドローンがあるんだけど……いまはないよ」

「ううーん……」

そもそもランドセルに爆発性のドローンを入れて登校することも許した覚えはないのだが、現にこうして役に立っているので責めるわけにもいかない。

敵が三台。一〇人近く。こちらの車両は何度も銃撃を受けていて、あちこちガタが来ている。頼みの宗介はまだ東京だ。

ゴボちゃんともう一人の護衛が応戦していたが、走りながらでは有効な射撃はほとんどできない様子だ。まあ、それが普通なのだろう。宗介のように、一人で運転しながら射撃して、正確に敵のタイヤやら何やらに命中させる方が異常なのだ。

ラジエーターから煙が出ている。スピードも落ちている。異音と振動。

これはまずいのでは……？

思考の片隅では『大丈夫』と誰かが言っていたが、それでもかなめは安斗を抱きかかえてしまった。そこでスマホに着信。家族グループだ。

《夏美：お母さん、安斗、無事？》

《夏美：いま追いつく》

追いつくって？　無事なのは良かったけど、逃げなきゃだめよ。

《母：だめ、逃げて》

かなめは必死に打ち込んだが、安斗の方はのんきに『ああ、あれかー』だのとつぶやいていた。

「あれって？」

「あれはあれだよ。父さんがこっそり用意してた……えーと……忘れた。とにかくＡＳ」

「え？」

そのときかなめたちの上空になにかが飛来した。

青空をさえぎる大きなゆらめき。白い閃光《せんこう》。きーん、と耳をつんざく駆動音。

そのゆらめきが何かを発射した。銃声。たちまちかなめたちの車を追い詰めていた一台が、ボンネットから火を吹きくるくるとスピンした。

ゆらめきはECS——電磁迷彩の不可視モードによるものだった。レーザー・ホログラムを超高速で投射し、『機体』を見えなくするシステムだ。そのECSを解除し、一機の巨人——アーム・スレイブが姿を見せる。

そのAS《アーム・スレイブ》は滞空したまま姿勢を変えて、かなめたちと敵とを見下ろした。

白い機体だ。

白と青。あの懐《なつ》かしい機体——〈アーバレスト〉とそっくりな色だった。スマートなシルエットも〈アーバレスト〉とよく似ていたが、あの機体はM9の系列とは違う。日本の国産AS〈一式《ひとひとしき》〉の改造機だ。

ちょうど鎧《よろい》で言うところの大袖、草摺《くさずり》のような部品から、白い噴射炎がほとばしっている。AS用のアークジェットだ。機体を飛行させることができる。

「夏美……？」

おそらく間違いなかった。操縦者《オペレーター》は夏美だろう。

そのＡＳは腰につけた接近戦用の単分子カッターを抜くと、残りの二台に飛びかかり、たちまち真っ二つに切り裂いた。きれいに運転席と助手席が離ればなれになった車が、惰性で走ってぱたりと倒れる。敵の兵隊は車（だったもの）から這《は》い出《だ》し、あたふたと逃げ出した。その背中にＡＳは小型のハンドガンを向ける。

容赦なく発砲。

大きいが弱装のトリモチ弾だ。泡の塊がべちゃっと飛んで、逃げ回る敵を次々とアスファルトに釘《くぎ》付《づ》けにする。冗談みたいな武器だったが、歩兵には充分に効果がある。もともと規模の違う兵器だ。こんなものを持ってこられては、敵にできることなど何もなかった。抵抗はもちろん、逃げることも。

襲撃者をすべて無力化すると、白いＡＳはアークジェットを閃《ひらめ》かせてすぐそばに着地してきた。

「味方……ですよね？」

ゴボちゃんが聞いた。

「たぶん夏美よ。ってあなたも知らないの？」

「私は新入りなので。ＡＳまで準備してるとは……」

もう一人の護衛も肩をすくめるばかりだった。とはいえ、薄々は察していたのだろう。

たぶん昨夜に見かけたあのトレーラーだ。大宮の時も近所の駐車場に止まっていた。豊洲《とよす》では見かけなかったが、その時もどこかに隠してあったのだろう。

「降りるわ」

「ええ。待って……大丈夫です。どうぞ」

ゴボちゃんが周辺の安全を確認する。仕事はきっちり律儀《りちぎ》にやるタイプのようだ。裏切ったりとかはしなかったし。プラス一点。

白いＡＳはひざまずき、ハッチを開放させた。コックピットから夏美が姿を見せる。ランニングに出かけた時のスパッツ姿のままだ。ひざまずいた姿勢だとＡＳのハッチはけっこう高い。ビルの二階半くらいはある。娘が苦もなく機体を降りてくるのを見ても、かなめはちょっとハラハラした。

「あれにアルが？」

「違うよ。別のどこか」

安斗《やすと》が言った。というか――

「乗れたの？」

降りてきた夏美《なみ》をぎゅっとハグしてから、かなめは言った。『乗れたの？』とはもちろん、ＡＳにだ。三年前は触ったこともなかったはずだった。

「アラスカとかフロリダとかにいた頃。お父さんに……違うの、わたしが教えてくれって頼んだの」

この三年、かなめは入院生活が多くて、夏美と宗介《そうすけ》とは別々に暮らしていた。人気《ひとけ》の少ない辺境で暮らすことが多かったので、ASも機体さえ用意できれば自由に練習ができたのだろう。この白い機体は最新鋭だが……まあ、宗介のコネならどうとでもなる。

「そうでしょうね。まったく……。安斗は知ってたの？」

「うん。でもまあ、わざわざ言うほどでもないし」

「何よ！　知らなかったの、お母さんだけ!?　ひどいじゃない！」

さすがにかなめが抗議の声をあげると、二人の子供はうるさそうに顔をそむけた。

「だって、きっと反対すると思ったから」

「当たり前でしょ！　こんな……とにかく危ないのよ、ASって！　お母さんたくさん見てきたから知ってるの！」

「危なくはない。むしろ敵が来たら安全」

「そうそう。実際、役に立ったじゃん」

夏美と安斗が口々にいう。

「あのー、人が集まってきてます。そろそろ撤収を……」

ゴボちゃんが言った。いま一同がいるのは住宅街と商店街の境目あたりの十字路だった。角には駐車場付きのコンビニがあって、客と従業員がこちらを見ている。車が何台もクラッシュして塀やら電柱やらに擱座《かくざ》してるし、交差点の真ん中には白いASが駐機してるし、一般の車がスタックして渋滞が起こり始めているしで、いろいろ大変だった。

しかもスマホの着信がうるさい。宗介からだ。『無事か』だの『どうなった』だの『ASの話はおりを見て話そうと思ってた』だの。

もう、知ったことか！

「あーもう！　あの家、気にいってたのに！　むき——っ！」

「なんかキレた」

と安斗。

「でも本当に不思議ね。どうしてバレたのかしら？」

と、夏美。

「チームの車がこちらに向かってます。この車は放棄してセーフハウスに移動しましょう」

ゴボちゃんがうながす。

「いいえ。お母さんと安斗はわたしが運ぶ。あなたたちは後始末をお願い」

「え？」

夏美は素早い身のこなしで白いＡＳの背面を駆け上り、コックピットに滑り込むと、あっという間に機体を立ち上がらせた。

『セーフハウスは戸塚の団地でいいのね？』

「それ秘密！　外部音声で言わない！」

『ごめん。あとお父さんにメールお願い』

夏美のＡＳはかなめと安斗をそれぞれの腕に大事に抱え込んだ。準備のいいことに、ＡＳの親指には小さな装具が取り付けてあった。それを腰に装着しろということなのだろう。安斗は言われるまでもなく装具を着ける。

『いい？』

こういうノリも久しぶりのような気がする。高校生の時に〈アーバレスト〉に抱えられて散々街中を逃げ回ったな……。かなめはもう怒る気も失《う》せて、投げやりに手を振った。

「もういい……。任せる」

「そういえば姉ちゃん。この機体なんて名前なの？」

『〈アズール・レイブン〉』

機体の装甲の各所が展開して、ＥＣＳレンズが露出した。機体が抱えたかなめたちごと、その姿がかき消える。

続いてアークジェットが作動し、機体が離陸した。〈アズール・レイブン〉はみるみる上空へと駆け上り、放物線を描いて飛んでいく。推進機もECSも最近のモデルは効率が桁違いだ。動力源のパラジウム・リアクターも性能が格段に上がっている。昔のASの短距離ジャンプなどとは比べ物にならない。

「夏でよかったね！」

安斗が叫ぶ。確かに冬だったらキツかった。

振り返れば遠くにまだ太平洋が見える。なぜかあの家に置きっぱなしの制服のことが気になった。

○　○　○

敵がかぎつけた原因は、まさしくその制服だった。

恭子《きょうこ》も瑞樹《みずき》も、蓮《れん》さえもが、SNSに制服を着たかなめの画像をアップしたのだ。呑気《のんき》に。なんの悪気もなく。

あの晩、瑞樹が深夜にグループチャットを読んだらしくて『これあげていい？』とたずねてきていた。そのログが残っている。

《瑞樹：わろた。これあげていい？》
《自分：いい》
《自分：いいの》
《瑞樹：じゃああたしのとこにあげとくねー》
《自分：だめだめ》
《自分：やだやだやだ》
《瑞樹：あ、だめ？》
《自分：うそうそ。すごい》
《瑞樹：なにそれ。じゃあいいのね？》
《自分：いいのいいの》

こんな返事をした覚えはないのだが。
何かのはずみでスマホの音声入力がオンになっていたのがヒントだ……。
とはいえ。
顔も隠れてるし、その上にスタンプを押してさらに素性をわからなくしてる画像だ。名前は伏せてるし、背景は屋内のクローゼットだし、普通ならまあ大丈夫だった。恭子たちも『高校の制服を着た友達。懐《なつ》かしい!』くらいのコメントで、閲覧数もひとけたくらいだ。

しかし三人が同時期に同じ写真をアップしたのは、敵AIの注意を引いたようだった。かなめが画像を自分のAIに分析させたところ、背後のクローゼットのハンガーパイプが特殊だった。真鍮《しんちゅう》製の高級品でベルギー製、日本には数えるほどしか輸入されていない。それも二〇年以上前に製造中止になっている。

もうそうなると候補の住居はほとんど絞られたようなものだ。

つまり。

今回の敵バレは完全にかなめの責任だった。

北の横浜市戸塚に確保しておいたセーフハウス——昭和の香りただよう団地の一室にとりあえず落ち着いた相良《さがら》一家は、コンビニ弁当を食べながら話し合っていた。

「仕掛けた企業は見当がついているから、報復はしておく。ただ住所が漏洩《ろうえい》した原因がわからん。捕らえた連中の尋問待ちだが、あまり期待はできないな」

と、夕方に合流した宗介が言った。

「新宿からお母さんが尾《つ》けられた可能性は?」

と夏美が言って、コンビニのとんこつラーメンをずずとすすった。ちなみにあのＡＳは近所のコンテナトレーラーにまた収納している。

「それも考えにくい。交通網はこちらの監視下にあるから、尾行の車両がつけばまず察知できる」

「衛星かもよ？　合成開口レーダーを次々使えば、曇り空でも追尾くらいできるでしょ」

と安斗が言った。ファミチキとおにぎりのセットでご満悦だ。

「いい目のつけどころだな、安斗。だが昨夜は地下の中央環状線を使ってるから、その可能性も排除していいだろう」

「じゃあわかんないなー。あれだけ気をつけてたのに。なんでだろ……」

「本当ね……」

釈然としない顔の三人を見て、かなめはダラダラと脂汗を垂らすしかなかった。

「ま、まあ……そういうこともあるんじゃない？　世の中、全部の出来事に説明がつくとか思っちゃ……だめでしょ！」

事情を説明するにしても、宗介（ある意味共犯）はともかく、子供たちには無理だ。無理。無理。高校の制服プレイの前に送った写真が原因とか、無理。お父さんとイチャイチャラブラブしてて誤送信しちゃったとかも、無理！

「心配してもしょうがないでしょ！　前向きに行こ！　前向きに！　ね!?」

「だが母さん。あらゆる可能性を考慮して対策を打つのが我が家の方針だ。そのためにはひとつひとつ、しらみ潰しにミスを見つけて――」

「お父さんは黙ってなさい」

「お、おう」

かなめから漂うただならぬ殺気に気圧《けお》されて、宗介は黙り込んだ。

「あのＡＳのことも含めて、あとで色々話し合う必要があります。いいわね？」

「……はい」

「おほん。そ……それはそうと。次はどこに住む？　リクエストある人ー」

すかさず安斗《やすと》が挙手した。

「調布！」

「ああ。葵《あおい》ちゃんと同じ学校に通いたいのよね」

「いや？　そういう理由じゃ……ないよ？」

「わたしは中央線沿いがいいな……荻窪《おぎくぼ》あたり」

と夏美《なみ》が言った。

「なんで？」

「気になるラーメン屋が多いから」

「ああ……」

「とはいえ一旦、東京から離れた方がいい」

「じゃあ喜多方」

「ラーメンから離れなさい」

「調布がいいよー、ねえ調布」

海辺の豪邸もいいけど、やっぱりこういう団地は落ち着くな、とコンビニ弁当をぱくつきながらかなめは思った。

appendix

相良安斗《さがらやすと》は忙しい。

ゴロゴロしてタブレットをいじっているだけのようだが、ほとんどだれかとチャットやショートメールのやり取りをして、同時に簡単なゲームやアプリを作っている。それと内輪向けのバカ動画を編集したり、関数で絵を描いて仲間と見せあったりするので忙しい。姉のようにのんびり読書なんてしている暇はないのだ（だから必要な時は、本のＰＤＦを拾ってきてＡＩに読ませて要約させている。だって、時間がないから）。

戸塚の団地で夕食をとってから、安斗はさっそくタブレットＰＣを取り出し日常雑務を片付けにかかった。

まずモルドヴァのドヴァドヴァ32から。バカ動画仲間だ。

わずか六秒の動画。いつもの半裸おじさん（そういうキャラなのだ）が街を歩いてて、いきなりボバーンと爆発する。その破片がキラキラ輝き、たくさんの半裸おじさんになる。爆笑した。傑作だ。この間の取り方。くそっ、やはりこいつは天才だ。

《alinkoanto：IMAO《ワロタ》》

alinkoanto は安斗がよく使う名前だ。ありんこアント。なんか、どこかで見た大昔のアニメからとっている。

コメントをつけてから編集アプリでいじって、大量の半裸おじさんがさらに次々と爆発する動画を即席で作ってアップする。雑だが構わない。必要なのはスピードだ。

その間も次々にあちこちから通知が来ているが、まあだいたいスルーしていい。だがおっと、川辺《かわべ》くんからだ。きょうおさらばした小学校の唯一の友達。

《カワベ：美樹原《みきはら》くん、いまいい？》

《alinkoanto：いいよ》

《カワベ：学校やめるって本当？》

《alinkoanto：うん。転校する。でも山田《やまだ》のこととは無関係だから。家の都合でね、よく引っ越すんだ》

《カワベ：寂しいな。美樹原くんとは友達になれたと思ってたから……》

《alinkoanto：友達だよ！　オンならいつでも会えるから。また一緒にスベラやろ》

スベラというのは『スベラトゥーン』という陣取りゲームのことだ。大宮で一人、豊洲《とよす》で一人、それぞれ仲良くなった友達がいるので、これで四人チームが組めそうだ。

《alinkoanto：あと美樹原は偽名。本当は相良だよ》
《カワベ：偽名って？？？　そうりょうって、名字？》
《alinkoanto：サガラって読むんだ。変でしょ》
ってところで林水葵《はやしみずあおい》から着信。川辺くんとは一旦終わりにして、葵に答える。
《alinkoanto：どしたの？》
《葵：そろそろ約束の時間ですので》
《葵：もしかしてお忘れですか？》
しまった、忘れてた。『ワイワイクラフト』で遊ぶ約束してた。サーバーで面白いのがあるから、案内するって言ってたんだった。
《alinkoanto：もちろん覚えてるよ！　行こうか》
《葵：うそ。絶対、忘れてましたね》
《alinkoanto：うー、ごめん》
《葵：許してあげます。そのかわり、近いうちにオフで会いたいです》
《alinkoanto：ほんと⁉　飛んでくよ！》
思わず裏返った声が出てしまう。次の引っ越し先も決まってないが、まあなんとかなるだろう。姉ちゃんに頼んで本当に飛んで行ってもいいし。

それから一時間半ほど葵とワイクラで遊び、他の友達ともあれこれやりとりした。母親と父親が交互に『そろそろ寝なさい』と言ってきたが、『敵襲で興奮気味なんだ』と言うと、それなりに負い目もあるのか夜更《よふ》かしを黙認してくれた。

葵と別れてから今度は『ボルボックス』の仲間と作りかけのゲームの相談をする。本当は今日までに安斗がざっくりスクリプトを用意する約束だったが、敵襲とデートで忙しくて何もできなかった。しょうがないのでフリー素材をコピペしてごまかしておく。途中でバレたが、デートだったというと、みんな大目にみてくれた。

相談中にクララ姐《ねえ》さんからメッセが来た。アメリカで世話になっていた家族の娘で、二〇過ぎの、ババーンともうあちこち完璧なお姉さんだ。

《clacla：ねえ。前にあげた古いスマホ、そっちに持ってっちゃった？》

《alinkoanto：いや。あの黄色い箱に入れっぱなし》

《clacla：じゃあ返して。ライフルのバリスティック・アプリに使いたいから》

弾道計算アプリのことだ。射手がスコープの横にスマホをくっつけてよく使う。

《alinkoanto：いいけど。アプリなんて要らないんじゃなかったの？》

《clacla：いやー。さすがに２０００ヤード超えると計算めんどくて》

クララ姐さんは射撃の天才だが、いまや弾道計算アプリは狙撃業界では必須アイテムだ。

いい加減、文明の利器に手を出す気になったらしい。
クララ姐は安斗をえらく可愛《かわい》がっている。安斗が日本に引っ越してからも、ほとんど毎日話しかけてくるくらいだ。
って言うところで、今度は東海岸から。テッサおばさんだ。
《Tessa：安斗くん。相談に乗って欲しいんですけど》
《alinkoanto：いいですよ。なに?》
《Tessa：もうすぐ夏美《なみ》さんの誕生日でしょう?　プレゼントとか何がいいのかしら》
《alinkoanto：本ですね。本ならなんでもいいんじゃない?》
《Tessa：ジャンルとかわかりませんか?》
《alinkoanto：待っててください》
団地の二段ベッドの下の段で、夏美が寝そべり読書中だった。枕元に本が五〜六冊積んであったので、それの背表紙が入るように二、三枚撮影する。
「なに?」
「別に。ちょっと」
曖昧に答えると、夏美はすぐに本の世界に戻っていった。写真をテッサおばさんに送る。
《alinkoanto：いま読んでるのはこんなところです。よく知らないけど》

《Tessa：助かります。やっぱり安斗くんに相談するのが一番早いです》
《alinkoanto：母さんとかに聞けばいいのに》
《Tessa：聞いたんだけど、むしろあれこれ悩んじゃって。大人は面倒なのです》
《alinkoanto：変なの》
《Tessa：ありがとうございます。それでは》

テッサおばさんはものすごい美人で、メッセからも気品が漂ってくる。謎めいていて、いまも何をしている人なのかイマイチわからない。父が彼女をたまに『大佐殿』と呼ぶのだが、理由は教えてくれない。とにかく安斗ですらちょっと緊張して、敬語を使ってしまうくらいの人なのだ。母とはぜんぜん気安い関係のようだが。

その後もあれこれと友人知人とやりとりをしたり、ドヴァドヴァ32がまたケッサクな動画を送ってきたりで、夜が更《ふ》けていった。

そこでまた新たなメッセージ。

《al：ヤスト。もう寝なさい》

あー。いちばんうるさいのが『寝ろ』って言ってきたよ。

《alinkoanto：寝るよ。あとちょっと》
《al：もう○時に近いですよ。ご両親はなんと言ってるのです？　まったく自分たちの子

供なのに。私は許しませんよ》

《alinkoanto：どうせ明日は学校ないし。ちょっとくらいいいだろ》

《al：駄目です。『寝る子は育つ』と言いますが、あれは本当なのです。寝なさい》

《alinkoanto：あと少し》

《al：寝なさい。10……9……8……》

《alinkoanto：わかったよ！　おやすみ、アル》

《al：おやすみなさい、ヤスト》

ネット上でこいつにかなうはずもない。団地のルーターを切られる前に、安斗はため息をついてタブレットを閉じた。

三分後には眠ってしまう。

こんな調子で、安斗はいつも忙しい。

（おしまい）

あとがき

お久しぶりです、作者の賀東《がとう》です。

ファンタジア文庫35周年企画ということで、編集部に相談されたのが一年くらい前でした。じゃあなんかショートショートでも書こうかな、と思ったのですが、いつの間にか話が大きくなって、こんなことになってしまいました。

宗介《そうすけ》の二〇年後？　かなめと結婚？　子供が二人？

以前なら『せっかく綺麗《きれい》に終わったんだし、その後のことは書きたくない』と言ってたところですが、一〇年以上たって自分の心境も変化しました。そういうこだわりが無くなって、なんか『まあ、面白ければいいんじゃない？』くらいのテキトーさになったというか。各話のタイトルも、なんかその頃『孤独《こどく》のグルメ』を見てたから。いい加減です。

そういうわけで、アクション・コメディのショートシリーズです。

大人になった宗介とかなめ……と言っても、宗介はああいうキャラだし、かなめも元々オバさんくさいし、あんまり変わってませんね。むしろアラフォーになってしっくり来たくらいの、変な年齢フィット感があります。

あとかなめは原作で『今後も一生狙われ続ける……』と重苦しく示唆されたことがあったと思うんですが、だからといって縮こまって生きねばならないことはない。能力を使ってどーんと超大金持ちになって、自前の戦力も整えて、いくらでも引っ越すし仕返しもするよ！　……という感じになりました。この一家、超ポジティブです。

一話が大宮《おおみや》の中古一戸建て、二話が湾岸のタワマン、三話が鎌倉《かまくら》のバブル期の邸宅、と来たので、次はどこに引っ越しましょうかね。築五〇年のボロアパート、というのも考えたのですが、わびしくなりそうなのでいったんやめておきました。

では各話の簡単なコメントを。


『埼玉《さいたま》県大宮市の一戸建て３ＬＤＫ』

冒頭部のアクションで宗介を十数年ぶりに描写したわけなんですが、びっくりするほど違和感なく、苦労もなく書けました。自分でいうのもなんですが、いいキャラです。

おかしさ優先でゲストくんの主観にしたので、一家の内情はまだあんまり語られていませんね。夏美《なみ》も安斗《やすと》も、単なるミニかなめ、ミニ宗介というわけではなさそうです。

『東京《とうきょう》都江東区《こうとう》のタワマン39階』

このシリーズ、会話劇が多くなりそうな予感はしてたんですが、もう二話から会話劇全開です。林水《はやしみず》と宗介の会話なんか、もう完全におっさんおばさんの読者向けですね。若い読者置いてきぼりです。だが、それがいい（にや）。


『神奈川《かながわ》県鎌倉市の海辺の邸宅』

二話でも描写したんですがもうこの夫婦バカップルですね。洋画のノリではあるんですがキスしすぎ。イチャイチャしすぎ。たぶん夏美に聞こえてますよ、声。でもあんまりそういうの気にしてない家庭なんでしょうね。

最後に出てきたASは『アナザー』ではお馴染《なじ》みの機体です。一〇年たっているのでいろいろパワーアップしてます。


以上です。四季《しき》さん、いきなりの企画なのにブイブイ頑張ってくださりありがとうございます！　海老川《えびかわ》さんもいきなりの発注、すいませんでした！

それではとりあえず二巻で！

賀東招二《しょうじ》

新型AS設定資料

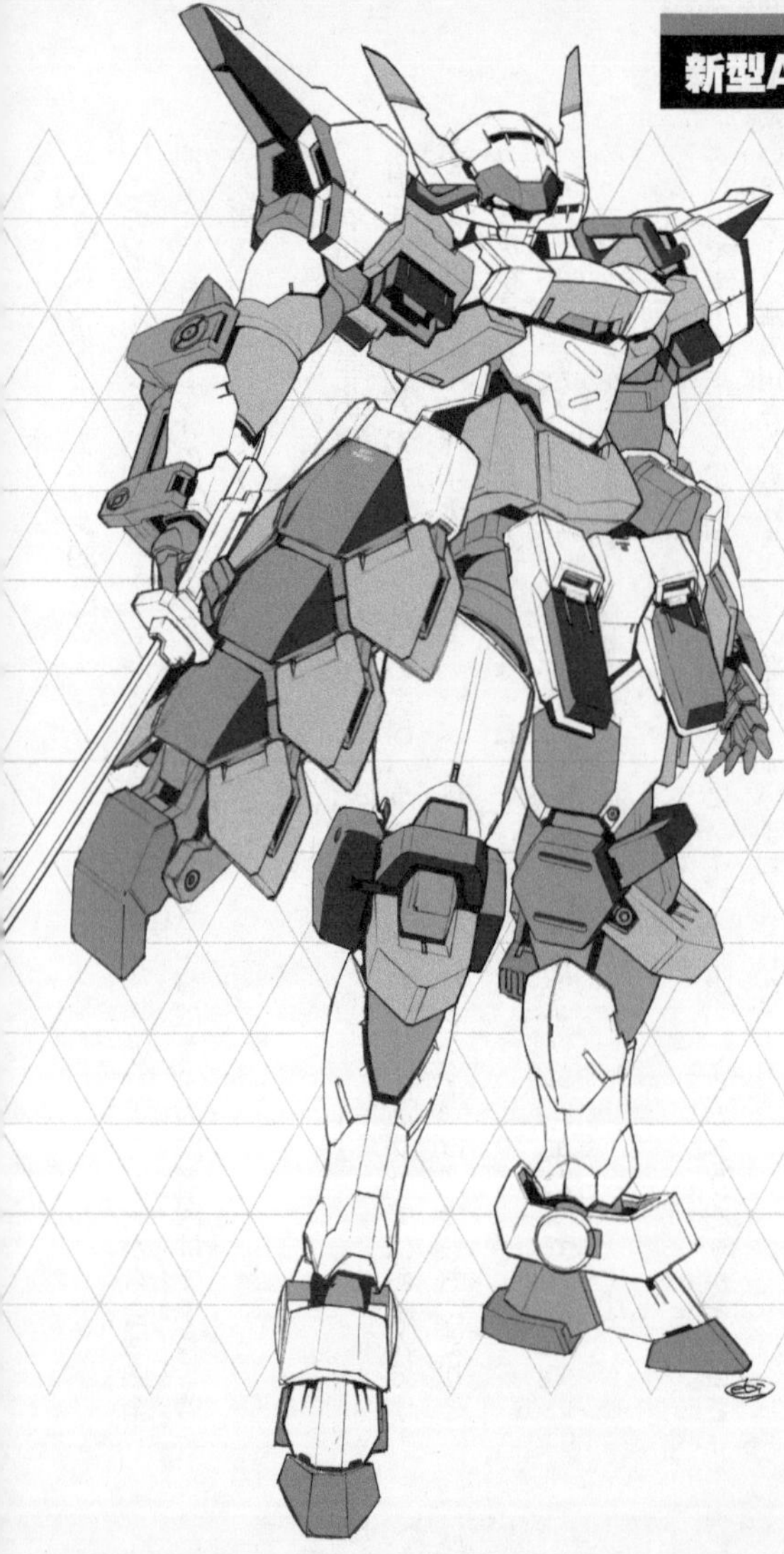

メカデザイン
海老川兼武

11式改〈アズール・レイヴン〉

Type11kai (ARX-10d) "AZUR RAVEN"

▶スペック

製造：恵比寿重工および
　　キャバリア・ダイナミクス（およびDOMS）

全高：8.7m　重量：12t

動力源：パラジウムリアクター
　（ロス&ハンブルトンSSR4300[4250kW]）

最大作戦行動時間：80時間

最高速度：170km/h（歩行）／420km/h（飛行）

最大高度：2100m

固定武装：GAU-19/S 12.7mmガトリングガン×1
　　M18A2 ワイヤーガン×1

基本携帯火器：東芝 10式改単分子カッター
　　セワード・アーセナル「ゴルゴン2」155mm破砕砲

▶賀東招二ASコメンタリー

実は第三話で締切直前にいきなり出したので、海老川さんに超特急で仕上げていただきました。毎度すいません! 第三世代型ではたぶん最強の機体です（でもこれとレーバテインが戦ったらどっちが強いかな?）。

『第四世代型AS』というのも海老川さんと相談してるところですので、ご期待ください!

▶解説

相良家の保有する（?）ASの一機。陸上自衛隊で運用されている『11式《ひとひとしき》』にM9系列の部品を組み合わせたハイブリット機で、いろいろと裏から手を回して北米で製作された。左右の腕部にワイヤーガンとガトリングを装備。〈アジャイル・スラスタ〉は能力が向上し、この機体ではヘリ並みの滞空性能を実現させている。その上ECS（電磁迷彩）も搭載しており、完全な不可視化が可能。これだけでもかなり強力な機体なのだが、1Gbps程度の通信速度が確保できている場合、地球のどこかのアルの支援でラム（自粛）。

おそらく現在で世界一強力な機体（の一つ?）。宗介のいつもの『念のため』の一つでもある。搭乗者は一応宗介だが、これに乗っていれば安全間違いなしなので、むしろ夏美を乗せておくことが多いかもしれない。

お便りはこちらまで

〒一〇二-八一七七
ファンタジア文庫編集部気付
賀東招二（様）宛
四季童子（様）宛
海老川兼武（様）宛

富士見ファンタジア文庫

フルメタル・パニック！
Family《ファミリー》

令和6年1月20日　初版発行
令和6年2月10日　3版発行

著者――賀《が》東《とう》招《しょう》二《じ》

発行者――山下直久
発　行――株式会社KADOKAWA
〒102-8177
東京都千代田区富士見2-13-3
0570-002-301（ナビダイヤル）
印刷所――株式会社KADOKAWA
製本所――株式会社KADOKAWA

※定価はカバーに表示してあります。
●お問い合わせ
https://www.kadokawa.co.jp/（「お問い合わせ」へお進みください）
※内容によっては、お答えできない場合があります。
※サポートは日本国内のみとさせていただきます。
※Japanese text only

ISBN978-4-04-075102-3 C0193　◆◇◇

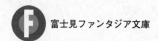

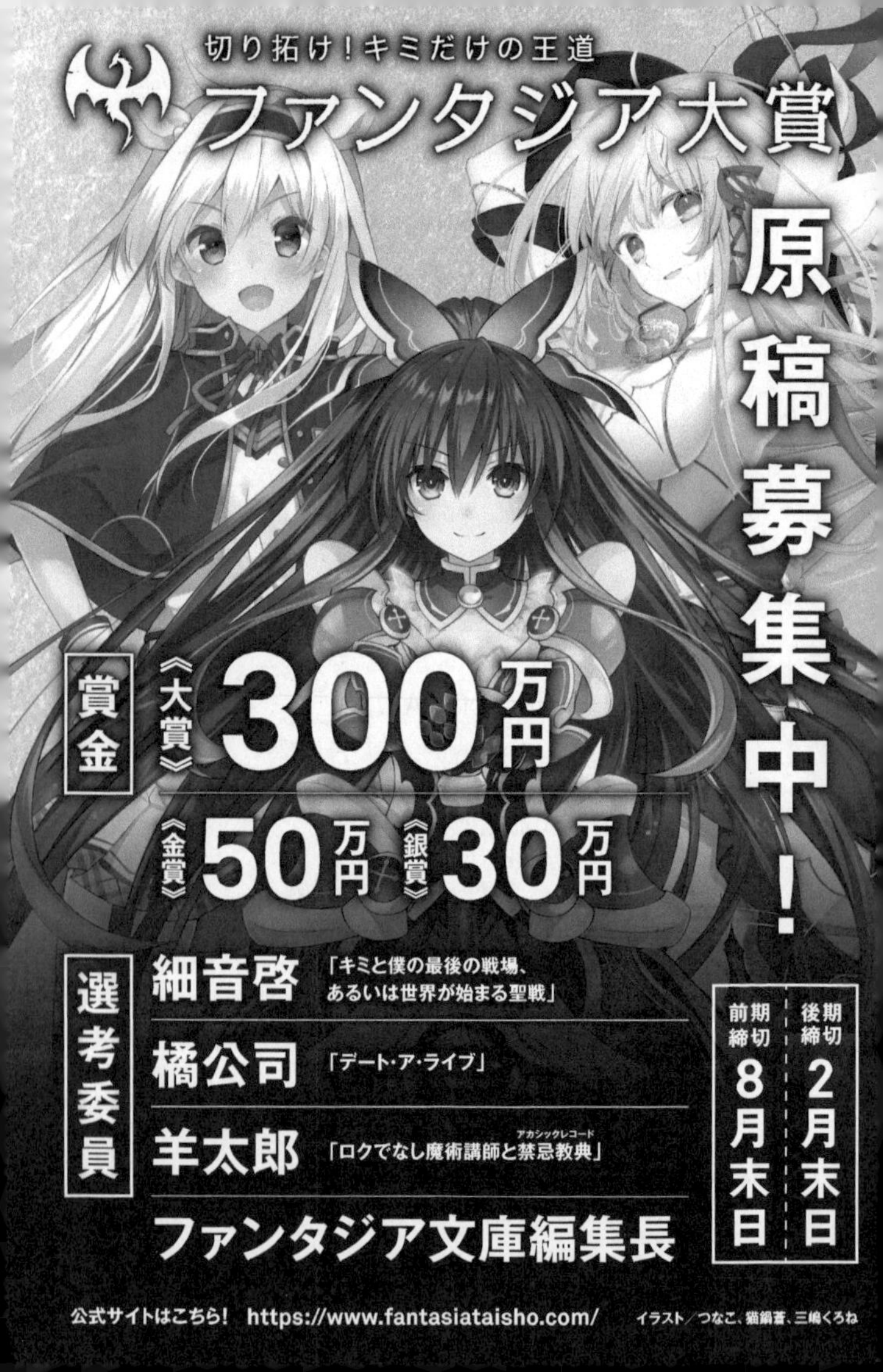

切り拓け！キミだけの王道
ファンタジア大賞
原稿募集中！
賞金
《大賞》300万円
《金賞》50万円
《銀賞》30万円
選考委員
細音啓「キミと僕の最後の戦場、あるいは世界が始まる聖戦」
橘公司「デート・ア・ライブ」
羊太郎「ロクでなし魔術講師と禁忌教典《アカシックレコード》」
ファンタジア文庫編集長
前期締切 8月末日
後期締切 2月末日
公式サイトはこちら！ https://www.fantasiataisho.com/
イラスト／つなこ、猫鍋蒼、三嶋くろね